JN244071

日本一短い「先生」への手紙

平成三十年度の第二十六回 一筆啓上賞「日本一短い手紙『先生』」（福井県坂井市・公益財団法人丸岡文化財団主催、株式会社中央経済社ホールディングス・一般社団法人坂井青年会議所共催、日本郵便株式会社協賛、福井県・福井県教育委員会・愛媛県西予市・「福井しあわせ元気」国体・障害者スポーツ大会実行委員会後援、住友グループ広報委員会特別後援）の入賞作品を中心にまとめたものである。

同賞には、平成三十年四月四日～十月二十六日の期間内に三万九四六八通の応募があった。平成三十一年一月二十四日に最終選考が行われ、大賞五篇、秀作一〇篇、住友賞二〇篇、坂井青年会議所賞五篇、佳作一二〇篇が選ばれた。同賞の選考委員は、小室等、佐々木幹郎、夏井いつき、宮下奈都、新森健之の諸氏である。

本書に掲載した年齢・職業・都道府県名は応募時のものである。

目次

入賞作品

大賞

［日本郵便株式会社　社長賞］

「校長先生」へ

校長しつで
いつもなにをしていますか。
きゅうしょく一人でたべて
さみしくないですか。

ハウカ のえる
福井県 7歳 小学校2年

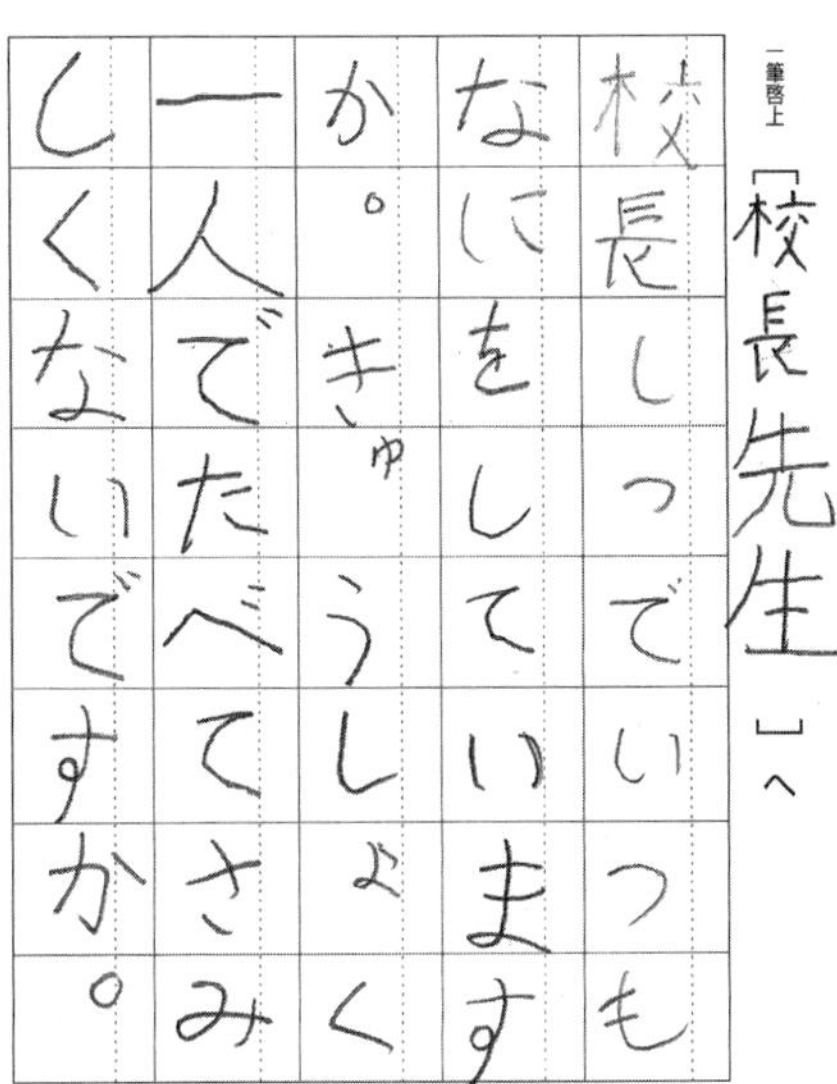
一筆啓上
「校長先生」へ
校長しっていつもなにをしていますか。きゅうしょく一人でたべてさみしくないですか。

「みさきせんせい」へ

てんきんってわるもんが、
せんせいをつれていった。
やっつけるから、
もどってきて。

ようちえんの先生が4月に、とつぜんいなくなった。おかあさんにきいたら、「てんきん」っていった。なんだかわからなかったけど、そいつはわるもんだ。

高畑　成希
滋賀県　4歳　幼稚園

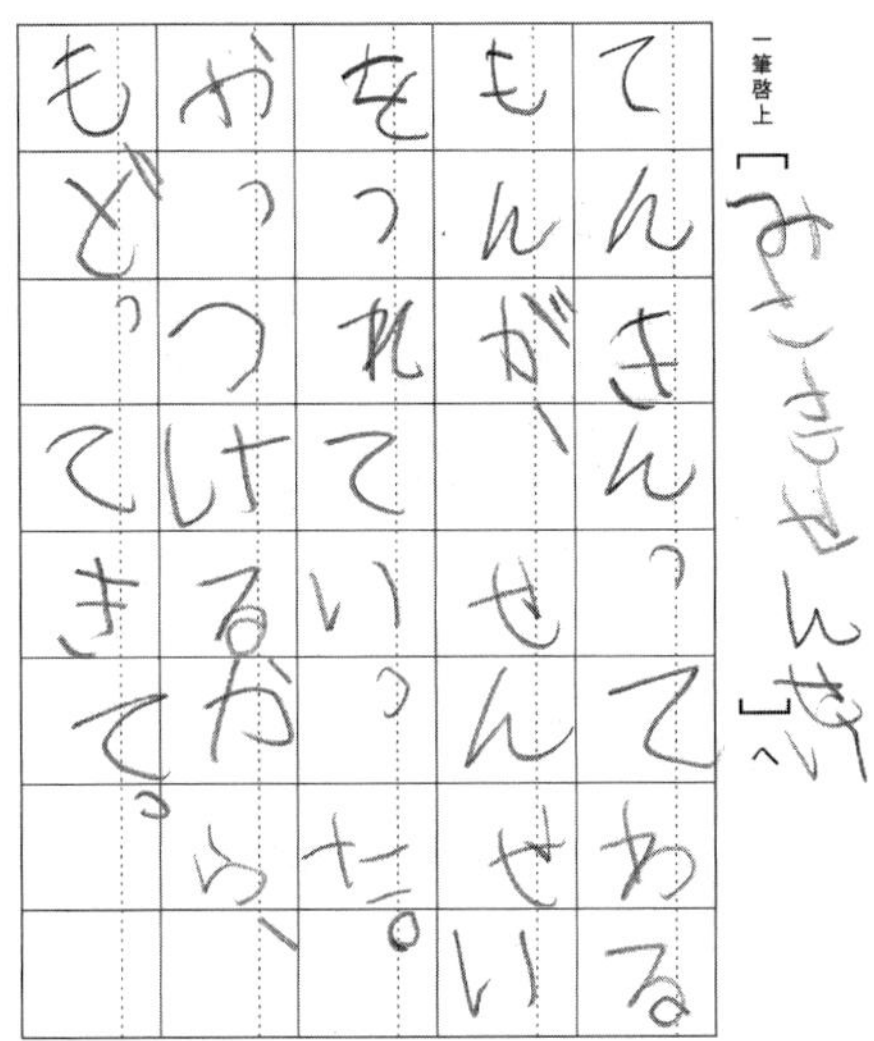

一筆啓上
「おとうさん」へ

てんきんってわるもんが、せんせいをつれていった。おっつけるから、もどってきて。

「先生」へ

「巡り会いだね」
障害のある子を生んだ私に
言ってくれました。
今年十八になります。

障害を持つ子を育てるのは大変だけど、この子は、私を豊かにしてくれています。
出会えてよかった。ふとした時に、思い出す大切な言葉を下さった先生に感謝しています。

佐藤　みちよ
宮城県　51歳　看護師

一筆啓上 「先生」へ

「巡(めぐ)り会(あ)いだね」障(しょう)害(がい)のある子(こ)を生(う)んだ私(わたし)に言(い)ってくれました。今年(ことし)十八(じゅうはち)になります。

「思い出　家庭科の先生」へ

提出した宿題の運針を見て、
溜息をつくのは、やめて下さい。
母も不器用なんです。

速水　朝子
埼玉県　86歳

一筆啓上【思い出 家庭科の先生】へ

提出した宿題の運針を見て、溜息をつくのは、やめて下さい。母も不器用なんです。

「校長先生」へ

僕の事、知ってますか？
僕は全体の中の一人です。
いつか見つけてみて下さい。

永田　晴基
愛知県　13歳　中学校2年

一筆啓上 「校長先生」へ

僕の事、知ってますか？僕は全体の中の一人です。いつか見つけてみて下さい。

大賞選評

選考委員　佐々木　幹郎

今回のテーマが決まったとき、どうしてこれまでこのテーマが出てこなかったのかという声があがったほど「先生」は身近な存在だ。だから皆さんがいろんな「先生」を見つけてくださって、応募していただけて、とても嬉しかった。

大賞に選ばれた作品に校長先生宛が2通ある。校長先生と直に接触する機会は少ないから、手紙だったら書いてみようという思いがあったのではないだろうか。ハウカさんの作品は、校長室で一人ポツンと給食を食べているんじゃないかという可愛らしい思いを手紙で質問した。直接触れ合って聞くのではなく手紙を書こうという気持ちが、こういうことを書かせる。永田さんの作品は、本当に見つけられるのという切ない問いかけだけれど、校長先生への愛情がなければ逆にこんなことを言わない。自筆の文字、言葉で触れたいというのが手紙の役割だと思う。

髙畑さんの作品は、どうやら「てんきん」という「ばい菌」が先生をどっかへ連れてった、だからやっつけてやる。言葉を知り始めた子どもが、言葉で一生懸命に書くと、こんな面白い世界が広がっていく。佐藤さんの作品は、障害を持つ子が生まれたとき「巡り会いだね」の先生の一言がどれだけ彼女を救ったことか。18年たってその思いを伝えたいけれど、もうその病院におられないかもしれない。そういう時こそ直筆の手紙でお伝えしたい。一筆啓上賞にふさわしい作品だ。

速水さんの作品はユーモアがある。これは私自身も経験があって小学校の時に母親に縫ってもらった雑巾を担任の先生が見た瞬間、ふふっと笑ったのを今でもよく覚えている。選考するときは手紙を書いた人がどんな人かと、いろいろ想像するのだが、86歳の速水さんとお母さんにとても会いたいと思わせてくれた。

これまで明確に意識したことは無かったが、今回の選考では書き手の技術と書かれている先生の素晴らしさに評価が分かれた。それが先生の面白さだろう。先生と生徒というのはそういう付き合いができるのだ。

（入賞者発表会講評より要約）

秀作

［日本郵便株式会社　北陸支社長賞］

「バスケ部の小坂先生」へ

毎朝1人で練習してた。
でも体育館が開いてたってことは
1人じゃなかったんだ。
有難う

佐藤　さくら
青森県　47歳　主婦

一筆啓上

「バスケ部の小坂（さか）」へ

毎朝1人で練習してた。でも体育館が開いてたってことは1人じゃなかったんだ。有難（ありがと）う

「パソコンの先生」へ

PCの環境は？と聞かれて
一階の食卓と答えた私の無知に
おつきあい下さって有難う。

長谷川　真弓
神奈川県　78歳　主婦

一筆啓上 「パソコンの先生」へ

PCの環境は?と聞かれて一階の食卓と答えた私の無知におつきあい下さって有難う。

「吉村先生」へ

「まゆー。」と大声で家に入ってきて
学校に連れてかれた日々。
先生の強引さに救われたよ

勝木　麻友
福井県　17歳　高校3年

一筆啓上

「吉村先生」へ

「まゆー」と大声で家に入ってきて学校に連れてかれた日々。先生の強引さに救われたよ

「教頭先生」へ

「授業はいいから花壇作りを手伝って。」
そんな先生は、他にいなかったよ。

内田 ミカ
静岡県 20歳 高校4年

学校が嫌いな私に中学の教頭が「授業に出なくてもいいから花壇を作るのを手伝ってほしい。」とたのまれた。おかげで毎日学校に行けるようになった。

一筆啓上

「教頭先生」へ

「授業はいいから花壇作りを手伝って。」そんな先生は、他にいなかったよ。

「主治医の先生」へ

診察の度に
「ああ加齢ね。加齢だよ」と言わないで
「綺麗、綺麗だよ」と言って下さい。

稲垣 みね子
三重県 76歳 主婦

〔主治医の先生へ〕

診察の度に「ああ加齢ね。加齢だよ」と
言わないで
「綺麗、綺麗だよ」と言って下さい。

「小五の時の担任の先生」へ

「人にした事は戻ってくるぞ」は真実でした。
先生につるっぱげと言って後悔してます。

福永 行男
鹿児島県 71歳

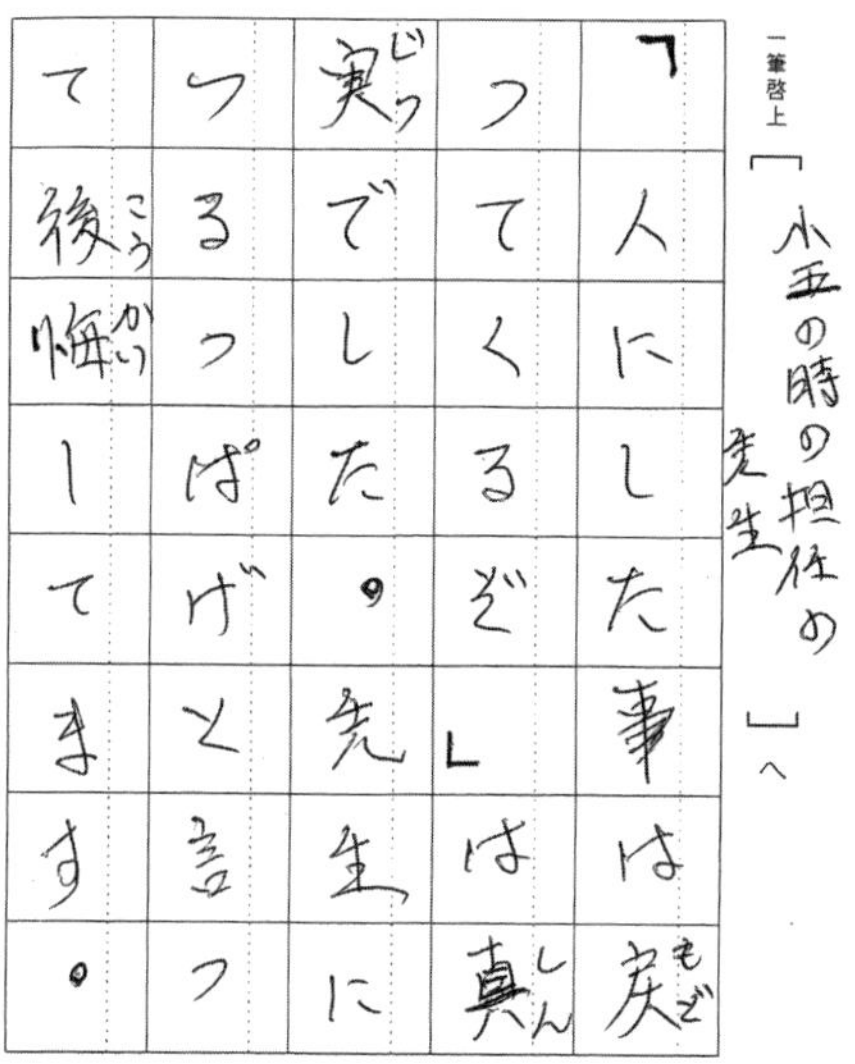

一筆啓上 「小五の時の担任の先生」へ

「人にした事は戻(もど)ってくるぞ」は真実(しんじつ)でした。先生につるっぱげと言って後悔(こうかい)してます。

「いけうちせんせい」へ

じゅぎょうちゅう
わたしのちいさなこえを
みみすましてきいてくれて
ありがとう。

西本　紗菜
福井県　７歳　小学校１年

一筆啓上

［いけうちせんせい］へ

じゅきょうちゅうわたしのちいさなこえをみみすましてきいてくれてありがとう。

「物理の先生」へ

「その質問はおもしろい。覚えておこう」
私も一生覚えてます。

高校時代の物理の先生に質問をした時に「覚えておこう」と言われ認められた様でうれしく、私にとっても忘れられない思い出になりました。

玉田　瑛恵
広島県　26歳　会社員

一筆啓上「物理の先生」へ

「その質問はおもしろい。覚えておこう」私も一生覚えてます。

「高校の時の担任の小川先生」へ

先生に没収された雑誌、
返ってきた時には
クロスワードパズルが
解いてありましたね。

福永　房世
鹿児島県　56歳　主婦

一筆啓上

「高校の時の担任の小川先生」へ

先生に没収された雑誌、返ってきた時にはクロスワードパズルが解いてありましたね。

「たった一人の先生」へ

先に生まれると書いて
先生と読むけれど、
一番たくさん教えてくれたのは、
私の弟です。

尾中　藍咲
和歌山県　14歳　中学校3年

一筆啓上「たった一人の先生」へ

先に生まれると書いて先生と読むけれど、一番たくさん教えてくれたのは、私の弟です。

秀作選評

選考委員　宮下　奈都

秀作は「上手いなぁ」と思わせる作品が多かった。なぜかと思ったら受賞者の年齢層が比較的高いようだ。若い人が下手だという意味ではなく、それだけ先生への想いをずっと胸の中に抱えていたということだ。たとえば「バスケ部の先生へ」を書いた佐藤さんは47歳だそうだ。彼女が高校生の頃、毎朝体育館が開いていたのは、誰かが開けてくれていたのだということに気づくまでに年月がかかり、さらにありがとうと手紙を書くまでにもきっと時間が経っている。その期間の長さが、伝える言葉を磨いてくれたのではないかと感じた。

他にも、読んでいてその場面が鮮やかに思い浮かび、向こう側に物語があることを感じさせてくれる作品がいくつもあった。「たった一人の先生へ」には特に感銘を受けた。14歳の作者が弟を尊敬する気持ち。毅然とした意志を感じさせられて、その背景には何があったのだろう、と思いを馳せることになった。

選考会でもどんどん記憶が掘り起こされた。「その質問はおもしろい。覚えておこう」と言ってくれた先生について、そんな馬鹿な質問はないと切り捨てられた思い出を持つ選考委員もいたし、そういえば僕も言われたことがあると懐かしがる委員もいた。プロでありつつ、おもしろいと言えるこの先生は、先生のプライドみたいなものをいったんおろして生徒と同じ目線で話せるすごい先生だ。たぶん、先生自身は何十年も覚えておいてもらおうと思っているわけではないのだろうけれど、言われたほうはずっと覚えていて、一生支えてくれる一言。私にもある。高校の授業中に、いい文章を書くねと言われた一言がずっと心に残っている。その先生は私が今でもその一言を思い出すとは、思ってもおられないと思うのだけど。そういう一つ一つの想いを甦らせてくれる選考会だった。

（入賞者発表会講評より要約）

秀作選評

選考委員　夏井　いつき

今回初めて選考に携わらせていただいて思ったのが、40字という短い手紙なんだけど、確かにこれは小説だと、世界で一番短い小説なのだということだ。そう思わせてくれたのが「たった一人の先生へ」の作品で、どういう弟なんだろうといろいろ語り合っていくうちに、たくさんたくさん目の前にいろいろなケースが生まれてきて、弟とお姉ちゃん、いったいどんな境遇でどんな思いで書かれたのかと引き込まれていった。

そして、手紙というのはとにかく誰かに自分の気持ちを伝えたいわけだけど、一つの手紙を好意と読むのか、願いと読むのか、悪意と読むのか、皮肉と読むのか、読者次第でもう見えてくる光景が全く変わってくることに改めて驚いた。例えば「パソコンの先生へ」の作品は、用語が全然わからないおばちゃんとパソコンの先生との間で、この後良い時間があったに違いないなと素直に思える手紙だけど、〝どうもありがとう、だからやめたのパソコン教室〟と勝手にクレームのお手紙と想像もできる。「吉村先生へ」の作品も、きっと不登校の子ならばこんな強引なことをしたら絶対家から出てこない。だからこれはやんちゃ系の子で、〝この強引さに救われたよ〟って言うのはそういう心の交流なんだって思うと心に素直に入ってくる。それと、先生という対象が自分の中で人生のいろいろな学びになっているということも手紙じゃないと言えないものだ。先生賛歌のようなものだけにならない手紙ってすごいなと思った。

また、（入賞者発表会で）中学生の皆さんの生の声で作品を朗読していただくと、活字の時とまた全然違う光景が立ち上がってきて、皮肉だとか悪意だとか欠片もなくなる。目で見る言葉と音で心に流れ込んでくる言葉とはまたこれだけ違うんだと、これは彼ら本人の素晴らしい功績だなと感動した。

（入賞者発表会講評より要約）

住友賞

「音楽の先生」へ

右手は指文字、左手は指揮棒。
こんな事できるのは世界でも先生だけ。
音楽って楽しい！

井上　蒼和
大阪府　11歳　聴覚支援学校6年

聞こえの困難な聴覚障害の子どもたちにとって「音楽」は縁遠いものとなりがちである。本校の小学部の音楽の教員は音楽のすばらしさを子どもたちに何としてでも届けたいとの思いで手話と指揮を同時に表す手法を編み出した、というエピソードです。

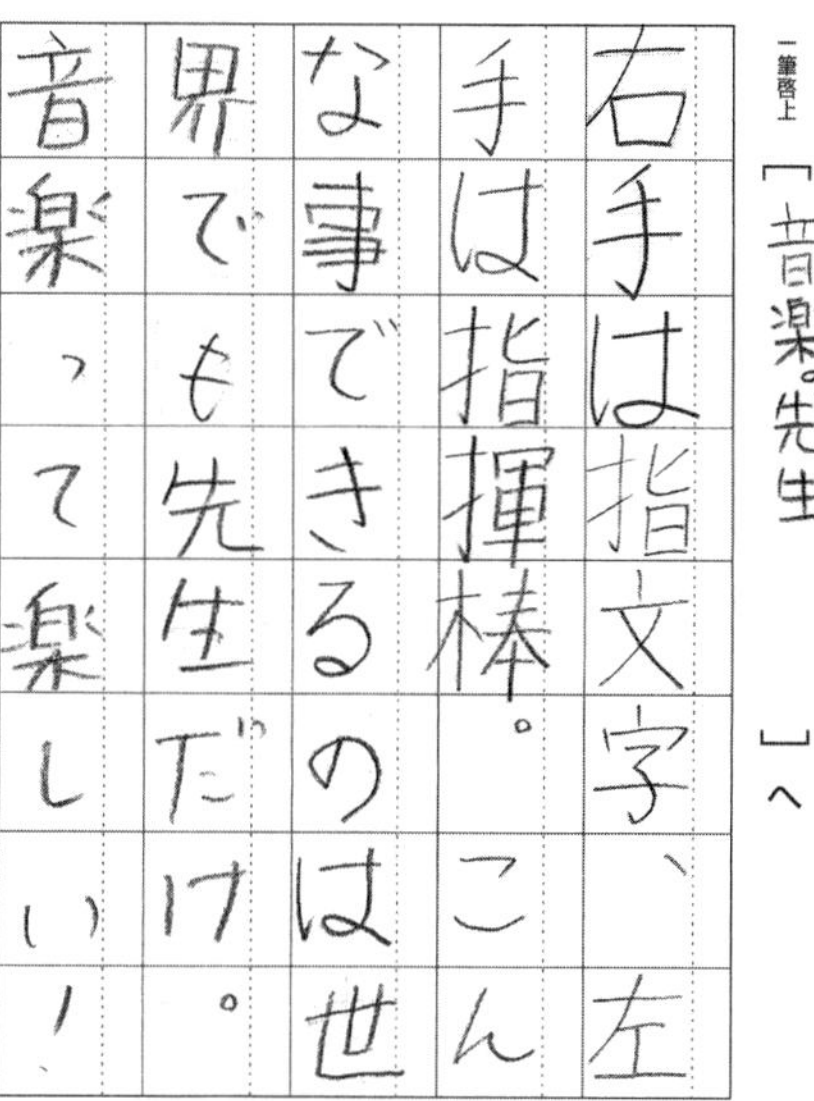
一筆啓上「音楽の先生」へ

右手は指文字、左手は指揮棒。こんな事できるのは世界でも先生だけ。音楽って楽しい！

「つぼ川先生」へ

おへんじをほめてくれた先生(せんせい)に
おこられた時(とき)はおへんじできませんでした。
ごめんなさい

しばはら ゆの
福井県 8歳 小学校2年

「いいねゆのさんのへんじは。」と先生にほめられたのがうれしかったですぎゃくに「なんであんなことしたんですか。」とおこられたときは、なんて言えばいいかわかりませんでした。すぐにごめんなさいとへんじできなくてごめんなさい

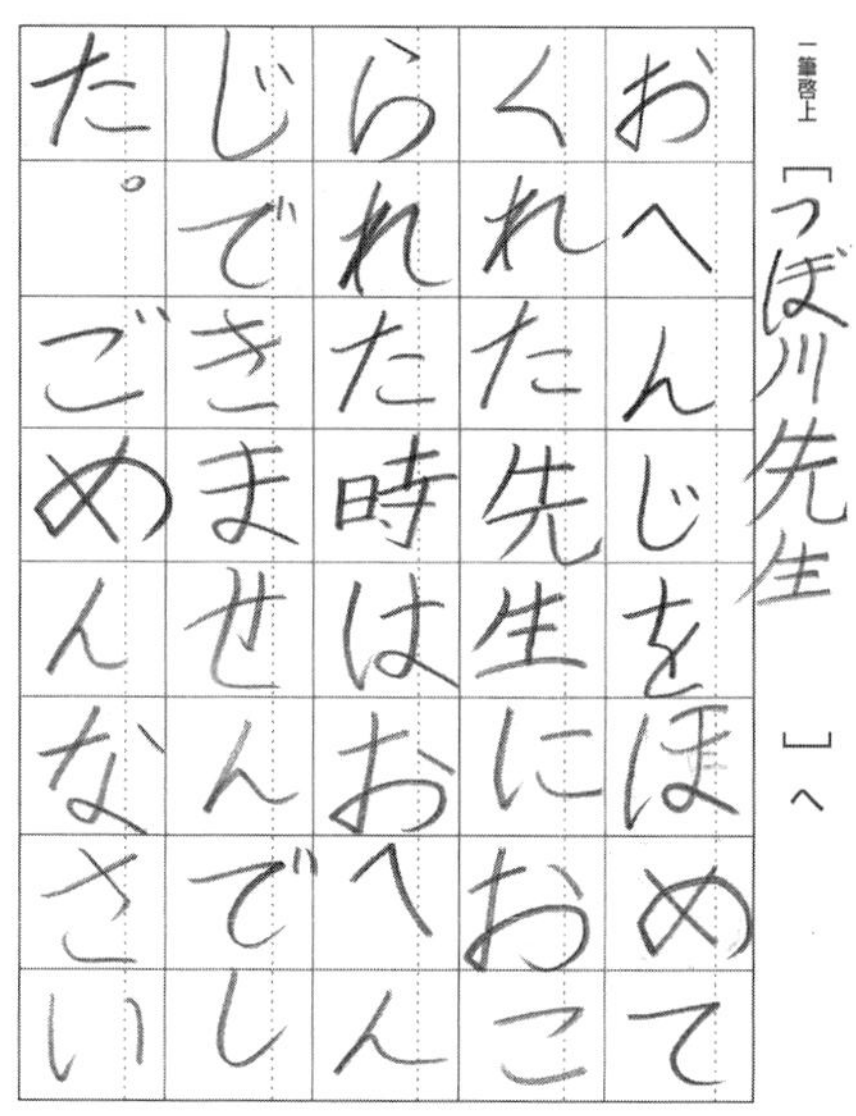

一筆啓上

「つぼ川先生」へ

おへんじをほめてくれた先生におこられた時はおへんじできませんでした。ごめんなさい

「大好きな先生」へ

先生の傍らで聴いたショパン。
初恋の調べに
人生の切なさと音楽の喜びを教わりました。

若い音楽の先生。山本先生への淡い思いを今も抱き続けています。ピアノは、うまく弾けなかったけど、76の今も、ギターをつまびく楽しさが生きがいです。初めてのラブレターを書くことができ、ありがとうございました。

小池　雅子
広島県　76歳　主婦

一筆啓上「大好きな先生」へ

先生の傍（かたわ）らで聴（き）いたショパン。初恋の調べに人生の切（せつ）なさと音楽の喜びを教わりました。

「先生」へ

先生より俺の方が教えるの上手いと思って教師になったけど、なかなか難しいわ、先生。

稲垣　智彦
兵庫県　54歳　教員

一筆啓上

「先生」へ

先生より俺の方が
教えるの上手いと
思って教師になっ
たけど、なかなか
難しいわ、先生。

「ただの先生」へ

先生いつも丸つけありがとう。
でもきゅうしょくは
ちゃんとたべてください。
ちゃんと。

関根　優月
千葉県　8歳　小学校2年

きゅうしょくの時間もいそがしく丸つけをしてくれている先生。
おなかがすいちゃうからちゃんとごはんをたべてください。

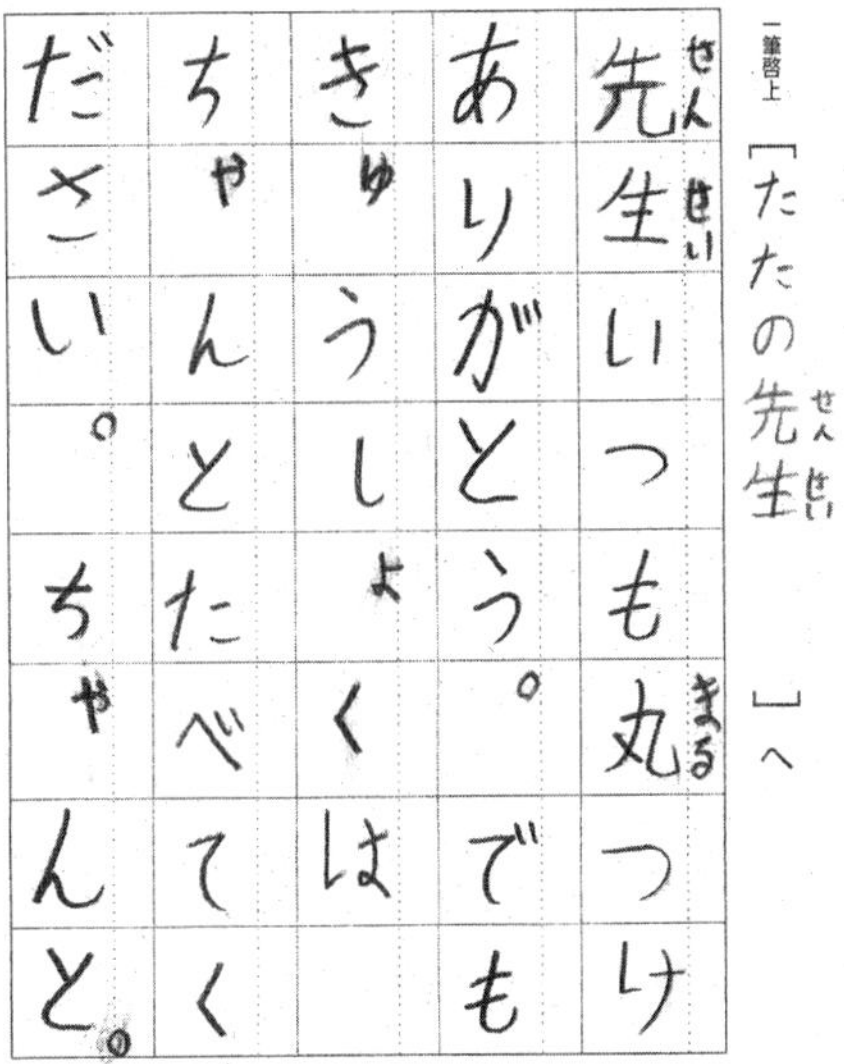

一筆啓上

「たたの先生」へ

先生いつも丸つけありがとう。でもきゅうしょくはちゃんとたべてください。ちゃんと。

「ひろなが先生」へ

先生、ぼくが答えをまちがえても、

「ナイスまちがえ！」

と言ってくれてありがとう！

おか田 たい知
千葉県 9歳 小学校3年

一筆啓上「ひろなが先生」へ

先生、ぼくが答えをまちがえても、「ナイスまちがえ!」と言ってくれてありがとう!

「メディカルスポーツクラブの先生」へ

「本音を言える人を三人作りましょう。
誰かと誰かと一人は僕ね。」
この言葉が今も支え。

振り返れば精神的にとてもつらかった時期。ストレスフルな私に、サポートのドクターがくれた一言です。初老の笑顔の優しい懐の深い先生でした。今でも思い出すと胸が熱くなり、この言葉に励まされて今があります。

大山　晴美
鹿児島県　53歳　自営業

一筆啓上

【メディカルスポーツクラブの先生】へ

「本音を言える人を三人作りましょう。誰かと誰かと一人は僕ね」この言葉が今も支え。

「にこにこ顔の先生」へ

休み時間にみんな、
先生のつくえにあつまる。
先生がわらうとわたしもわらう。

上野　愛結
大阪府　8歳　小学校3年

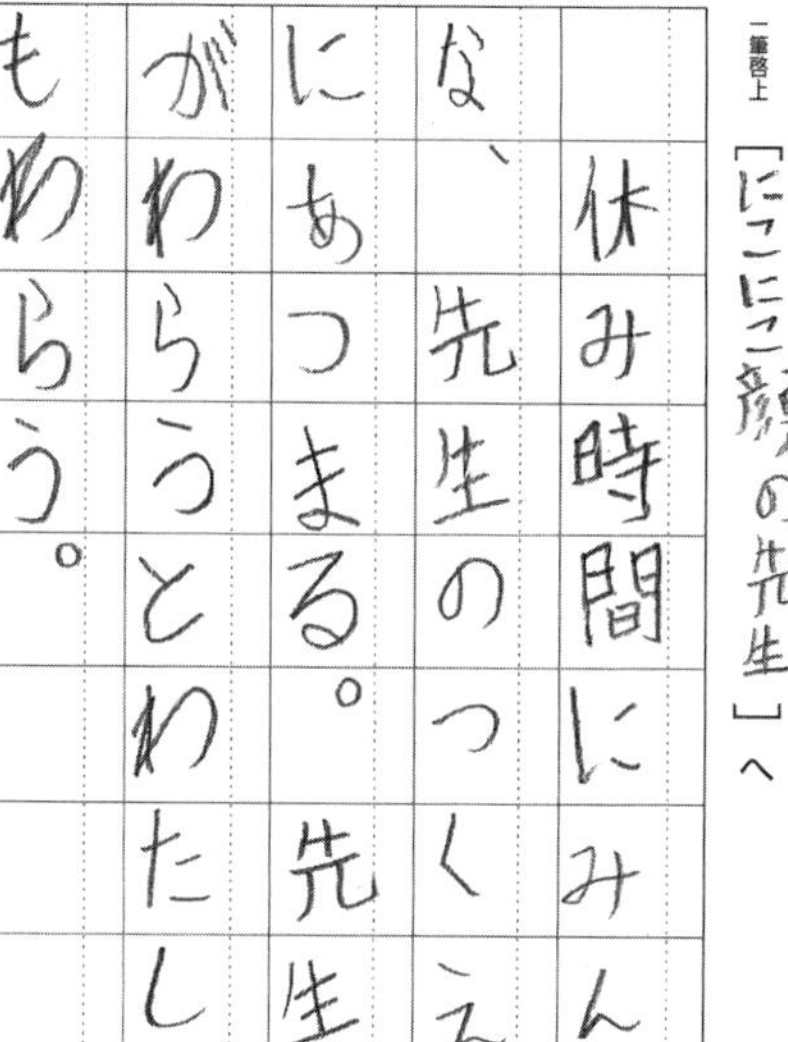
一筆啓上
「にこにこ顔の先生」へ
休み時間にみんな、先生のつくえにあつまる。先生がわらうとわたしもわらう。

「校長先生」へ

やったな、
明日からそのダサいジャージ
着んでいいぞ！
って卒業式辞、最高にロック。

坂野 敦子
大阪府 34歳 会社員

「校長先生へ」

やったな、明日からそのダサいジャージ
着ていいぞ！って卒業式辞、最高にロック。

「先生」へ

私が給食のおかわりをしない時に「調子悪いのか？」と確認するのは、やめてください。

岡野　仁胡
岡山県　13歳　中学校2年

給食がとてもおいしいです。毎日のようにおかわりをするのですが、クラスのみんなの前で先生に指摘されると、とても恥ずかしいです。

一筆啓上「先生」へ

私が給食のおかわりをしない時に「調子悪いのか?」と確認するのは、やめてください。

「内とう先生」へ

先生に会えたから、
ぼく、びょう気をゆるしてあげようかな。

山内　そうすけ
福井県　9歳　小学校3年

長い入院生活がなければ出会わなかった院内学級の先生に宛てたものです。

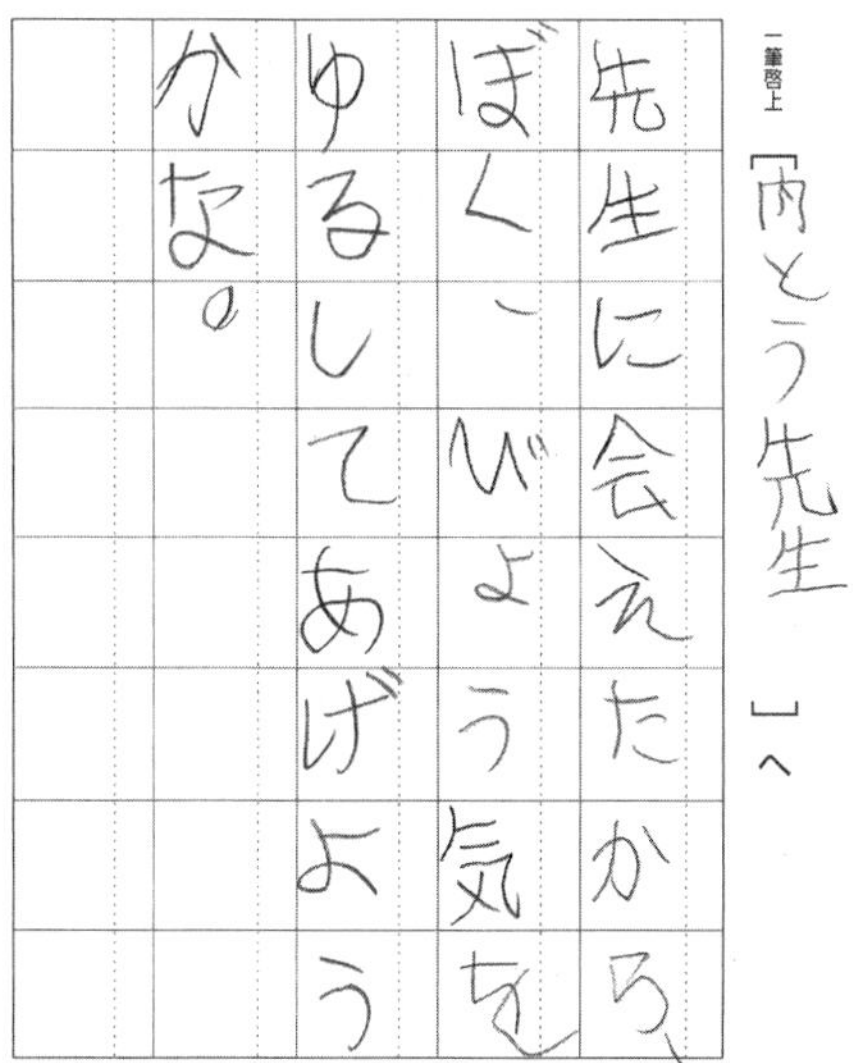
一筆啓上 「内とう先生」へ

先生に会えたから、
ぼく、びょう気を
ゆるしてあげよう
かな。

「長谷川先生」へ

娘が教員になりました。
世も末です。
貴方に憧れたからです。
どうぞ見守ってください。

娘の中学時代の恩師、長谷川先生は、教員三年目の彼女にも、今でも時折励ましの言葉をかけてくれます。あんな素敵な教員に、いつかなれるでしょうか、と思っています。

岩本 美和子
群馬県 51歳

一筆啓上

「長谷川先生」へ

娘が教員になりました。世も末です。貴方に憧れたからです。どうぞ見守ってください。

「先生」へ

先生おこるとき
一かい目でおこるから
三かい目でおこってください。

いとう しおん
福井県 8歳 小学校3年

一筆啓上

「先生」へ

先生おこるとき一かい目でおこるから三かい目でおこってください。

「副担任」へ

線香前に、何も言えずに帰ったあの日。
小一チビの感じた後悔。
だから今、ありがとう。

及川 拓己
東京都 13歳 中学校2年

一筆啓上「副担任」へ

線香前に、何も言えずに帰ったあの日。小一チビの感じた後悔。だから今、ありがとう。

「せんせい」へ

しらないことをしるってたのしい。
せんせい、べんきょうってておもしろいね。

高村　実玖
福井県　6歳　小学校1年

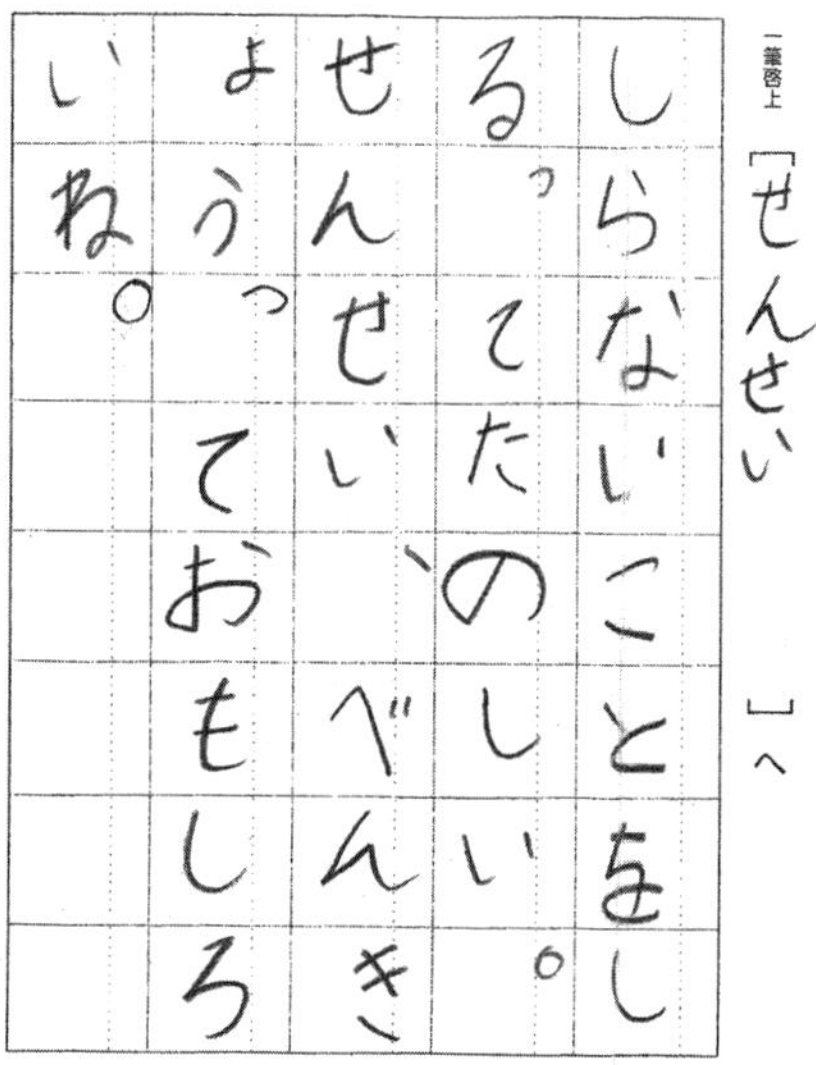
一筆啓上 「せんせい」へ

しらないことをしるってたのしい。せんせい、べんきょうっておもしろいね。

「夢の中の先生」へ

国語は学ばなくていい。
国語を知らないと
恥ずかしいだけを学べばいい。
真実でしたね。

油布 晃
大分県 64歳 農業

勉強は楽しいということと、国語を知らないと恥ずかしいということが分かれば自分で学ぼうとする。自分から学ぼうとしない限りいつまで経っても分からないと先生は言っておられましたが、真実だと気づきました。夢の中ですが……

一筆啓上

「夢の中の先生」へ

国語は学ばなくて
いい。国語を知ら
ないと恥ずかしい
だけを学べばいい
。真実でしたね。

「塾の先生」へ

先生。
あなたのことは忘れません。
あなたが蚊をつぶした時の
嬉しそうな笑顔を。

後藤　龍介
愛知県　15歳　中学校3年

塾の先生は、教え方が上手です。おしゃべりとかしていたらしっかり怒ってくれる先生です。
それも印象に残っているけど、蚊をつぶしたときの嬉しそうな笑顔がなにより、
忘れられないということ。

一筆啓上 「塾の先生」へ

先生。あなたのこ
とは忘れません。
あなたたが蚊をつぶ
した時の嬉しそう
な笑顔を。

「上北先生」へ

先生ありがとうございました。
天国でも亡くなった子の先生でいてね。
まだ涙が出ます。

大塚 千旦
福井県 11歳 小学校5年

小三の時の先生が小四の時に亡くなられました。それを聞いたとき、涙があふれ出しました。小五の今も思い出します。修学旅行もいっしょに行きたかったです。

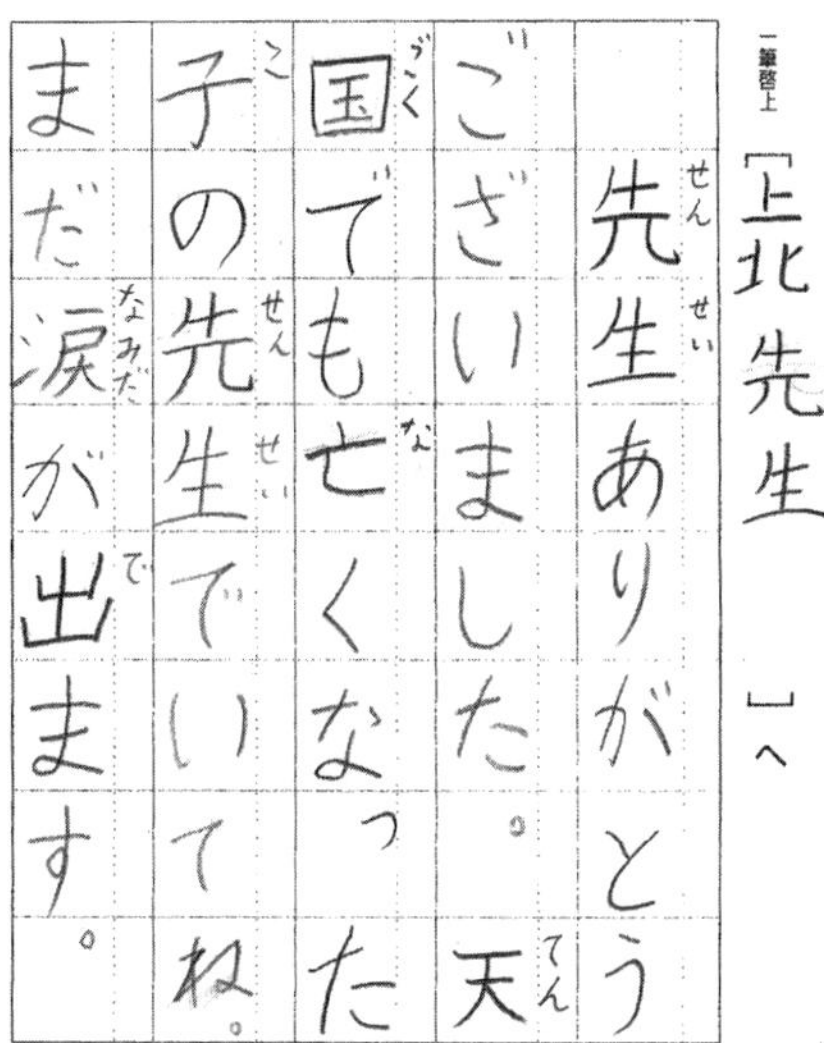

一筆啓上 [上北先生]へ

先生ありがとうございました。天国でも亡くなった子の先生でいてね。まだ涙が出ます。

「辻先生」へ

小学校の図工の時間は
ありがとうございました。
弟をあと少しの間ですがお願いします。

北出　市佳
福井県　13歳　中学校2年

一筆啓上 「辻 先生」へ

小学校の図工の時間はありがとうございました。弟をあと少しの間ですがお願いします。

「先生」へ

「君には人を助ける力がある」

いつ現れるのでしょうか。

今使いたいのだけれど。

板倉 礁
東京都 15歳 中学校3年

一筆啓上　「先生」へ

「君には人を助ける力がある」いつ現れるのでしょうか。今使いたいのだけれど。

住友賞選評

選考委員　新森　健之

いずれもすばらしい作品が住友賞に選ばれた。大賞や秀作にも匹敵する作品も見受けられ、今年は特に力強い20作品を選ぶことができた。

受賞者の約半分は小学生だが、この層は、先生方の応援や指導があり、毎年比率が高くなる。一方で、小池雅子さんの作品のように76歳になるまでずっと溜めていた初恋の気持ちを手紙で爆発させた作品など、先生への想いを何十年も持ち続けた作品も多く、シニアや大人の世代が健闘した。

また、先生を心配しているもの、先生に文句を言っているものがあるかと思えば、お願いや、お詫びもあって、実に色々なパターンがあり、バラエティに富んだ作品群になった。この20篇をどうかもう一度、読み返して頂き、それぞれの作者の思いに浸っていただきたい。

特に、子供達の受賞作品について言えば、先生方へ気づきの機会を与えてくれたり、先生の励みになるような言葉を伝えてくれた作品が多い。これは、住友賞以外の上位入賞作品にも共通して言えることだと思う。

今回、選考に携わらせて頂き、学校の先生だけが先生ではなく、人生では、誰でもが先生になり得るし、色々な先生がいてもいいのだと改めて思い知らされた。私自身を振り返ると、周りにたくさんの良い先生がいたのに、それに気づかず、ちょっと学び方が足りなかったかなという反省もある。それでも、「これからの人生、まだまだ自分の周りで先生を見つけて学ぶ機会があるし、自分が誰かの先生になっているのなら背筋を伸ばして、きちんと教えていかねば」とそんな気持ちにさせてくれたのが、今回の一筆啓上賞のテーマ、「先生」だった。

（入賞者発表会講評より要約）

坂井青年会議所賞

「まさみ先生」へ

わたしのかおを、
見(み)ると、にっこり
わたしもにっこり
今日(きょう)は、一日(いちにち)にっこり。

西村　のあ
福井県　8歳　小学校2年

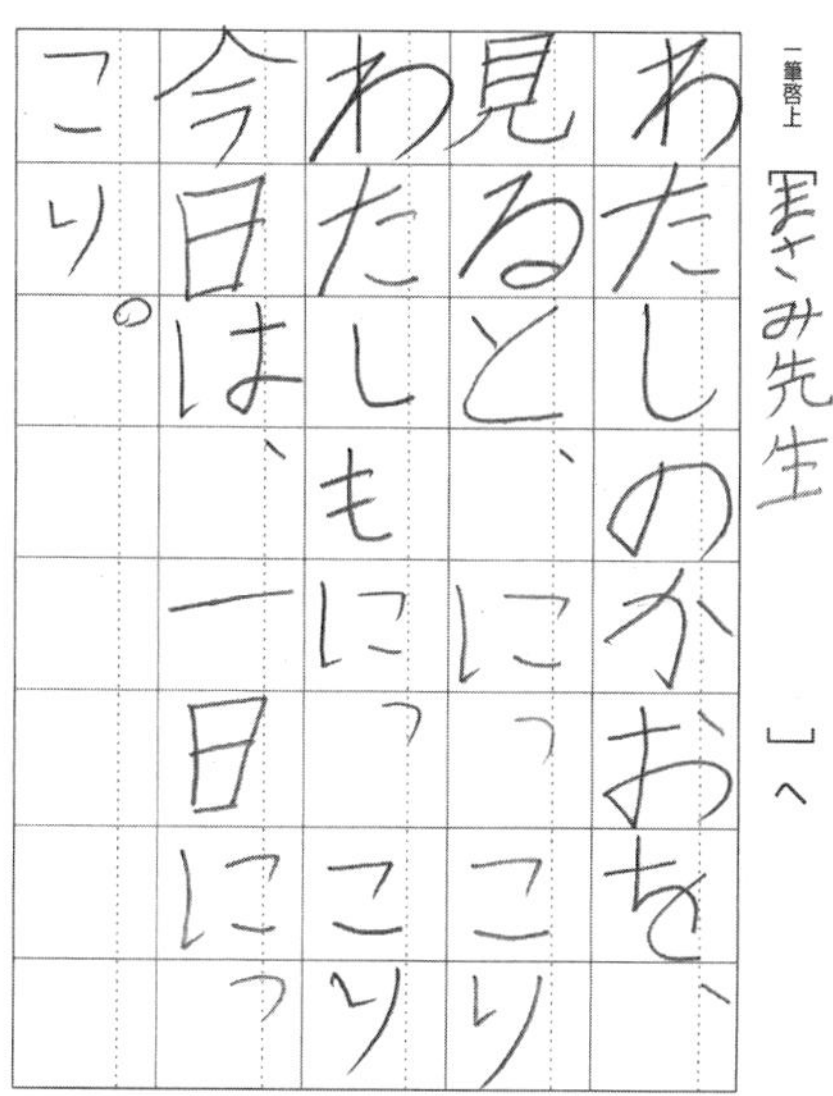

一筆啓上

まさみ先生へ

わたしのかおを、
見ると、にっこり
わたしもにっこり
今日は、一日にっこ
り。

「先生」へ

先生（せんせい）は、みんなに
うそはついたらいけないっていうのに。
歳（とし）をごますのは良（よ）くないよ。

中村 栞
福井県 11歳 小学校5年

一筆啓上「先生」へ

先生は、みんなにうそはついたらいけないっていうのに。歳をごますのは良くないよ。

「先生」へ

先生ってよぶと「はい。」
おかあさんってよぶと「はぁい。」って
いってくれてありがとう。

杉原 瑞基
福井県 8歳 小学校2年

言い間違えても優しく返事をして下さる先生。

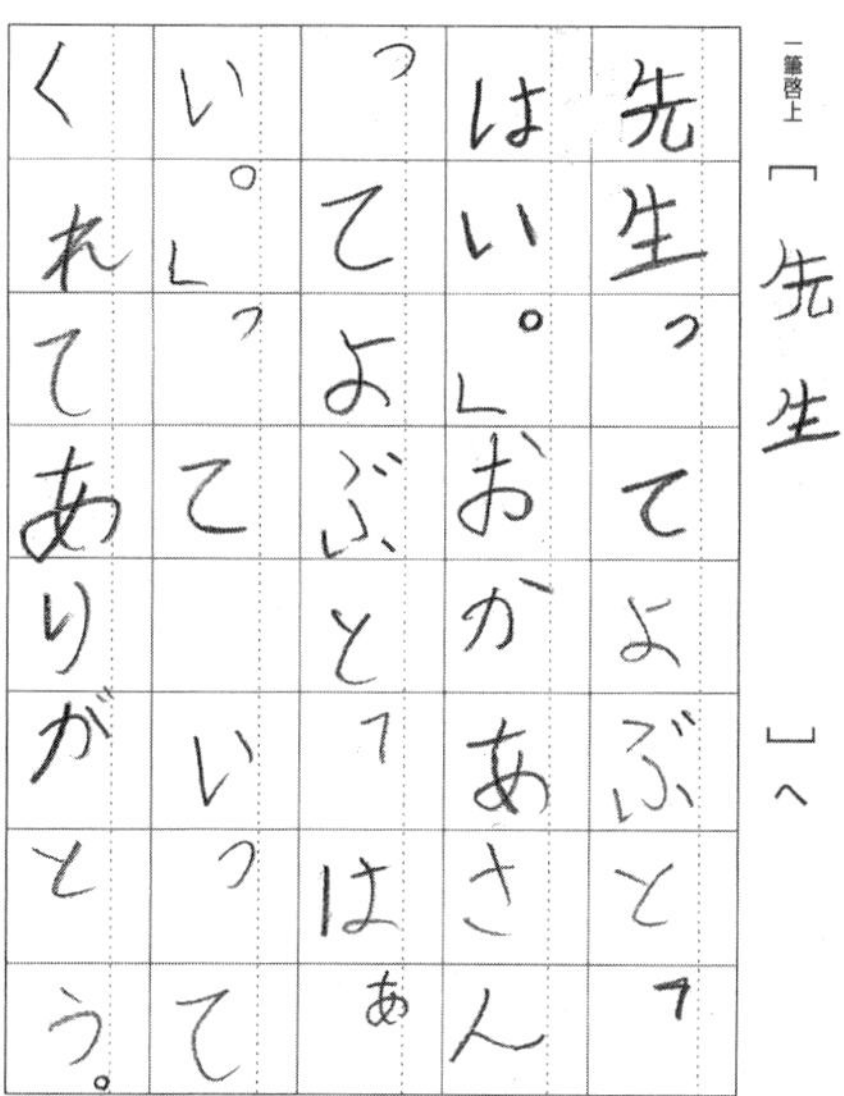
一筆啓上
「先生」へ
先生ってよぶと「はい。」おかあさんってよぶと「はぁい。」っていってくれてありがとう。

「内田先生」へ

ぼくらのえ顔で元気をあげる。
だから、しゅくだい一つへらそうか。

つか田　れえと
福井県　7歳　小学校2年

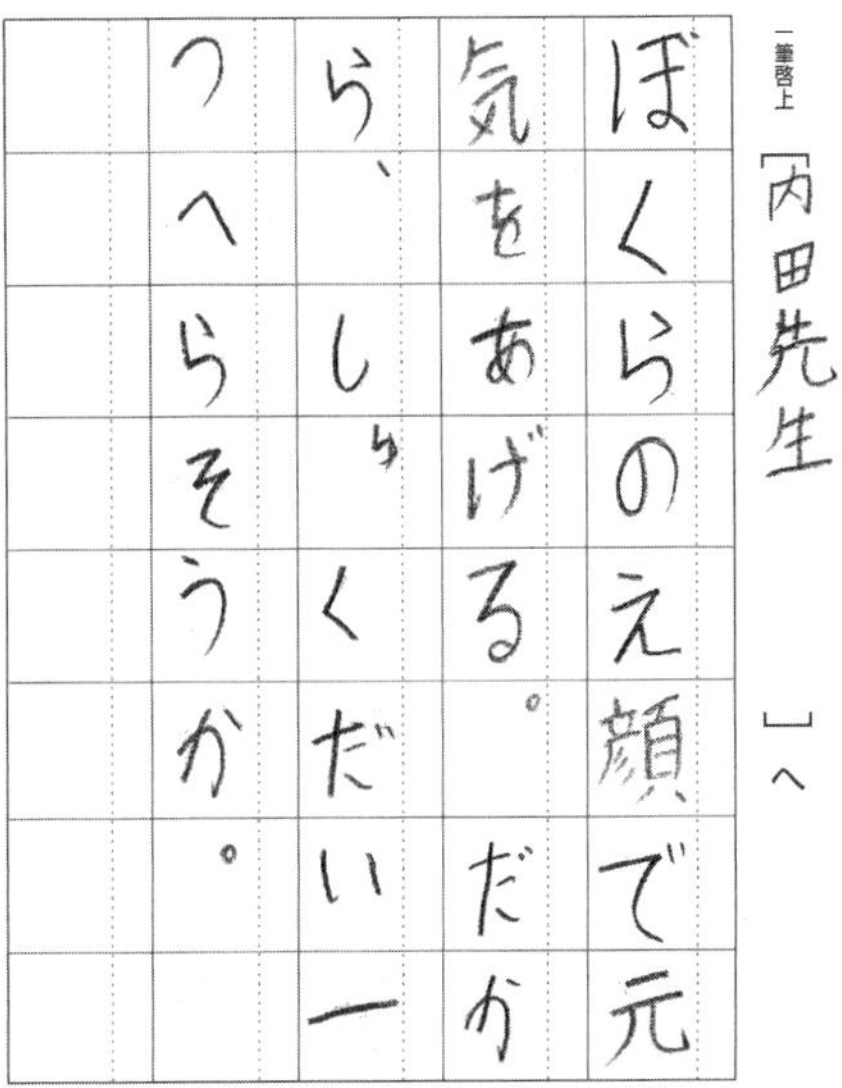

一筆啓上 「内田先生」へ

ぼくらのえ顔で元気をあげる。だから、しゅくだい一つへらそうか。

「あかいせんせい」へ

むずかしいしゅじゅつを
してくれてありがとう。
こんどは、はしるのはやくしてね。

てらまえ にこ
福井県 6歳 小学校1年

赤ちゃんの時から、お世話になっている病院の先生にあてた手紙です。運動会のかけっこで最下位だった時の気持ちのようです。

一筆啓上 「あかいせんせい」へ

むずかしいしゅ
じゅつをしてくれ
てありがとう。
こんどは、はし
るのはやくしてね。

佳作

「先生」へ

表は『赤点』、
裏に描いた犬の絵に
『満点』を付けてくれたこと、
一生忘れません。

成績が悪く、何の取り柄もないと思っていた自分が初めて認めて貰えたと涙が出るほど嬉しかった。次は勉強でも満点を採ろうと希望を持てた心に残る出来事でした。

石田 梓乃
北海道 35歳 会社員

「息子～息子は私がパソコンを教わる先生です」へ

覚えの悪い私に「少しは自分の頭で考えようよ」って、小学生の君に言った私の言葉だよ

田上　幸子
北海道　59歳　主婦

息子が小学生の時、学校の宿題を見てあげていました。自分の頭で考えるのを面倒くさがり、答えを聞く息子に、同じセリフを言っていたことをなつかしく思い出しました。

「先生」へ

先生のこともほめますから
ほめますからほめてもいいですよ。
もっとぼくのことを

本宮　稀空
宮城県　12歳　中学校1年

「瀬尾先生」へ

配達先のお宅で
先生を偶然見かけた四十年ぶり。
年老いた先生に、
声かけれんかった。

坂本 あい
山形県 55歳 会社員

配達先が、高校の時の先生のお宅だった。先生は、私だと気づいていない。私も杖をつき年老いた、先生に声をかける事ができんかった。大きな梨の入った箱を開けてくれ！と言った先生…。箱には固い留め具がついていたが私も必死にあけた。先生は箱の中から梨を2つ下さった。

「田中先生」へ

「私の自慢の生徒」
試合で負けた後泣いている私に
かけてくれたあの言葉、忘れられない

齋藤 那帆
福島県 14歳 中学校2年

「語らなかった先生」へ

枯れた鉢植え。
捨てさせなかった先生。
水をやり陽にあて咲いた花。
ありがとう、先生。

中野　みどり
福島県　59歳

「先生」へ

先生からの宿題
「幸せになること」
いつか必ず提出します。

小学校六年生の時の担任の先生に、卒業式前日に言われた言葉です。

大平 真帆
茨城県 13歳 中学校2年

「台湾の先生」へ

日本語を勉強して、人生が変わりました。まさか結婚して、日本にお嫁に来るなんて。

私は12年前に、日本語の勉強を始めました。日本語学校の鍾先生は私に「日本語を勉強することで、人生が必ず変わる。」と言いました。今は母になり、その言葉を胸に自分の子どもに中国語を教えています。

横田 欣彤
群馬県 46歳 主婦

「たえせんせい」へ

せんせいにあって
ゆめがみつかりました。
いっしょにはたらこうね。

泉　星河
埼玉県　6歳　小学校1年

「中学校の担任の先生」へ

「先生！高校受かったよ！」

「よっしゃ！後輩！」

あのハイタッチの音、忘れません。

中学三年生の時、かっこよくて頭の良い先生に憧れて同じ高校に行きたいと、先生が昔、通っていた高校を受験して合格しました。先生の後輩になれた時の嬉しさはずっと覚えています。

高林 祐之
埼玉県 26歳 会社員

「息子の手術をしてくれた先生」へ

ＩＣＵから出るなり
「手術成功。息子さん大丈夫」
と自信の笑み。
先生が神様に見えた。

当時小学校三年生の息子が交通事故に遭い、救急病院のＩＣＵで緊急手術。
先生の「手術成功」の一報に安堵。あの時の感動は一生忘れません。

長坂 均
埼玉県 62歳 会社員

「先生」へ

私、目立たない生徒だったのに、
名前覚えていてくれてありがとう。

蓮見 千佳子
埼玉県 20歳 大学生

「板橋先生」へ

板橋先生の笑顔は、
ヤコウタケ並に光っていて魅力的です。
道を照らしてくださいます。

岩堀　心愛
千葉県　13歳　中学校1年

「先生」へ

あなたの熱さがめんどうだった。
父になった今、
あなたの熱さを引継いで子育て中です。

大熊 孝佳
千葉県 46歳 会社員

「保健の先生」へ

保健室に来るたびに
弟と名前をまちがえるので
名前を覚えてね。
ぼくは直記です。

大竹　直記
千葉県　12歳　小学校6年

「ぼくの兄」へ

先生ぼくは弘記です。
いつも直記って言うけど兄です。
もうまちがえないでください。

大竹　弘記
千葉県　12歳　小学校6年

「村井先生」へ

「僕が診ます。連れてきて。」

その言葉で息子の命は繋がりました。

あの日を忘れません。

岡　晴美
千葉県　57歳

大学三年生の冬、息子は突然脳腫瘍で病に倒れました。
その時、千葉大脳外科の村井先生に、わらをもすがる思いでお電話した時、
おっしゃって頂いた言葉です。その後、息子は元気になり今は社会人になっています。

「高校時代の恩師」へ

先生の命が届かなかった還暦を、
私たち教え子が越えました。
来月はまた同窓会です。

木村 弘美
千葉県 63歳 自営業

「父の中学二年の先生」へ

父は、絶対カンニングしてません。九十一歳の今も、計算は、私より、正解で速いです。

父とよく、想い出話をします。中学生の時、父だけ満点をとり、先生にカンニングしたと言われたそうです。その話をいつもくやしそうに言っています。

庄司　陽子
千葉県　63歳　主婦

「稲川先生」へ

ケガをした時どこに行けばいいか知ってる？
ぼくはケガがなくても行ってしまう保健室。

仲野　蓮音
千葉県　11歳　小学校6年

「中学時代のマドンナ先生」へ

田舎の暗い道。
ボディガードに選ばれ帰りはいつも一緒。
十五の初恋、いま告白します。

長野 和夫
千葉県 75歳

「先生」へ

ルールとマナーとモラルを教わりました。
でも、先生は誰より
廊下を走っていましたね（笑）

丸山　晴美
千葉県　56歳　主婦

「国分先生」へ

「上手、上手」

にっこり私の生花全部抜く。

先生の手から花の息吹。

世界一の魔法使い。

大学生の頃から習い始めた生花。いつもやさしい先生は私の作品が斬新（?）すぎる時
手直しの口ぐせがありました。そしてほぼ原型をとどめない時は右のように言いながら手直し。
素敵でおやさしかった先生を思い一筆啓上です。（楽しく師範までとりました）

壱貫田 富美
東京都 46歳 主婦

「いつも明るくやさしいS先生」へ

お弁当を忘れた日、
先生が校庭に育ってた筍で
炒め物を作ってくれたこと、
忘れないよ。

いつも明るくて、おもしろい、前向きなS先生は、私が一年生の時、お弁当を忘れた日に、たまたま育っていた筍で、ササッと炒め物を作ってくれました。とってもおいしかったです。みんなに羨ましがられました。

五嶋 ゆり
東京都 14歳 中学校2年

「中学三年の恩師」へ

先生の歳を越えました。
逆らうようですが、
私の大器晩成は八十歳から。
まだまだ夢が。

佐藤　静夫
東京都　79歳　自由業

「感謝の先生」へ

いつも注射の時泣かなかったのに、先生がスーツを買いに来てくれて泣いちゃいました。

幼い頃から二十年来お世話になった病院の先生。注射の時、母は泣いても、私は我慢の子でした。百貨店勤務となった私は、紳士服のＤＭを先生に郵送。するとある日先生ご夫妻がご来店。夢をみているような感激で涙があふれてきました。

辻 景子
東京都 55歳 主婦

「校長先生」へ

学校を抜け出して見つかり、
お腹をすかした僕に
温めた給食を持ってきた時、涙が出た。

学校を抜け出して、僕は怒られると思ったら校長先生はやさしく、僕は涙が出た。
その時先生は、給食をおいて「帰ってきてくれて良かった」と言ってどっかへ行った。
そのあとから心を変え感謝の気持ちを持ち、終了式の前の大そうじには、
校長室のそうじに行っている。僕を救ってくれたヒーローです。

野上 浩史
東京都 14歳 中学校3年

「一緒に旅した学生の皆さん」へ

旅先で「先生！」って
間違って呼ばれる度に、
実はちょっと嬉しかった。
私は、添乗員。

山田 美奈子
東京都 55歳 添乗員

「校長先生」へ

先生は以外と単純。
機嫌が良いときは、
娘さんが家にいるとき。
三年間の分析結果です。

秋山　陽寄
神奈川県　14歳　中学校3年

「大西先生」へ

引きこもり。
その子の人生で今、必要だから、
と先生に言われ、
母は覚悟が出来ました。

まずは受容する先生の思慮深いご指導により、子も母も、育てられました。
今だに、その時の言葉が忘れられず、子を信頼する礎となっています。

石川　玲子
神奈川県　57歳

「岡部先生」へ

中学で一言も話さない同級生が、先生の授業でだけは返事した。どんな魔法だったのか。

中2の時クラスに、誰とも決して話さない同級生がいた。しかし岡部先生の国語の授業中だけは出欠確認に返事し、質問に答えた。とても不思議だった。確かに今思い出しても公平誠実な人格者だった。

上田 恵子
神奈川県

「児玉先生」へ

何も聞かずにいてくれてありがとう。授業参観日いつも休んでいたこと。

母子家庭で体の弱い母はほとんど参観日は欠席。寂しかった私はいつもズル休み。小学4年の時の担任の先生は理由に気づいていたけれど何も聞かずに優しくそして静かに見守って下さいました。

大日向 香
神奈川県 39歳

「ピアノのゆきこ先生」へ

子どもあつかいしないでください。
お兄さん指は、「中指」と言います。

亀田　陽翔
山梨県　11歳　小学校6年

保育園の時からピアノを習っています。
六年生になった今も、子供だと思われているようです。

「おじいちゃん先生」へ

「勉強しなくていいぞ。」

メガネになったぼくにおじいちゃん。

うれしいけど勉強頑張るよ

村上 義直
長野県 10歳 小学校4年

「やすい先生」へ

先生はいつもわらってたいへんだけど、
それでみんなが育つんだね。

目黒 利恵
新潟県 10歳 小学校5年

「たくさんの魔法の言葉を持つ体育の先生」へ

先生からの「良くできました」を
今は私が部下に言う。
こんな良い顔を私もしていた？

苦手な飛び箱。低い段でも成功した私に頂いた魔法の言葉。
どれだけ救われ、勇気付けられたことか。

白江　文夫
石川県　45歳　会社員

「りか先生」へ

今私だけの先生だけど
もうすぐみんなの先生になるんだよね。
うれしいけどさみしいな。

荒井 迪
福井県 11歳 小学校6年

大学生の家庭教師の先生で学校の先生になるために試験を受けるそうです。受かったら学校の先生。すごいうれしいし、すごいことだけど、家庭教師の先生じゃなくなるのでさみしいです。

「先生」へ

あてないで！
発表は苦手です。
「間違えてもいいよ。」って
「間違えたくない。」です。

五十嵐　菜夏
福井県　12歳　小学校6年

「ほいくえんのほんどうせんせい」へ

にっきのおへんじかいてくれて
ありがとう。
よみかえすとたのしいよ。
またかこうかな。

年長さんの一年間毎日日記を書いていました。時々、当時の担任の先生にコメントをもらうのがうれしくて毎日続けていました。
卒園し一年生になってやめてしまいましたが時々読みかえして思い出しています。

稲端　想理
福井県　6歳　小学校1年

「リチャードせんせい」へ

はやくえいごを
はなせるようになりたいので、
はやくにほんごをおぼえてくださいね。

上田 海暖
福井県 7歳 小学校1年

「吉川先生」へ

もしあの時あの廊下で気が付いてもらえなかったら、私は生を放棄していました。

担任ではない先生がいじめがはじまって孤立し、思い悩んでいた私に気が付き、話をきいてくれました。もしあそこで気付いていなければ、私の今はないと思っています。

内田　亜未
福井県　37歳　主婦

「校長先生」へ

いつもカメラを持ち歩いている校長先生。
レンズの中のぼくはどううつってますか。

大川 滉介
福井県 10歳 小学校5年

「大橋先生」へ

「全戦全笑。」
もう一度この目標をかかげて
大橋先生と三の五のみんなと
戦いたいです。

二年三年と私のクラスは「全戦全笑」と言う目標をかかげて二年間すごしてきました。
私達はこの目標を達成するために、全ての行事に全力で戦いました。
そのことは私にとってすごく青春で、楽しい中学校の思い出です。

岡 幸音
福井県 15歳 高校1年

「チャプレン先生」へ

先生のへんがおが、大すき。
ぼくのかなしい気もちを
半分以上やっつけてくれるから。

おか田 太ら
福井県 8歳 小学校2年

「とおとかあか」へ

せんせいなんかきらいや。
だって、いっつもかえりおそいやん。

奥村　総
福井県　5歳　保育園

とおとはちゅうがっこうのせんせい、かあかはほいくえんのせんせいです。（父代筆）

「担任の先生」へ

先生の授業、聞いてないって思う？
顔の方角は違うけど
耳はダンボにして聞いてますよ。

金牧　英汰
福井県　8歳　小学校3年

「竹内先生」へ

私合唱四年目。
今年こそ金メダルを先生にかけてあげる。
厳しくても、泣かない。多分。

菊川　梨希
福井県　11歳　小学校6年

「先生」へ

廊下ですれ違った時、
挨拶しても「はい。」って返されると、
少し寂しいです。

小西　菜々子
福井県　15歳　中学校3年

挨拶をしっかりしなさいと言っているのに挨拶しても無視されたり、
「はい。」と返されたりして寂しいなと思ったからです。

「先生」へ

あのとき先生が言った努力の壺の話、僕の壺に水はたまっているでしょうか。

小林 知生
福井県 14歳 中学校2年

努力の壺とは、一人ひとりが一つずつ持っていて、努力をすると水がたまり、水があふれたとき、物事が成功する。しかし、壺の大きさは分からない。という、とある先生がした話です。

「上北先生」へ

大休みのおにごっこ。
先生人気あるから
おにばっかりになるね。
つぎかわるよ。

清水　悠樹
福井県　9歳　小学校3年

「先生」へ

普段厳しいくせに
卒業式で優しくするのやめてください。
涙がとまりませんでした。

清水　優羽良
福井県　16歳　高校2年

「ようちえんのせんせい」へ

せんせいあのね、
ぼく　はなせるようになったよ。
いやなことは
いやだっていえるよ。

清水　琉生
福井県　6歳　小学校1年

話すのが苦手で、お友達に「やめて」の一言がなかなか言えない子でした。幼稚園の先生が「嫌な事は嫌って言っていいんだよ。」と言われて少しずつ自分の気持ちを話せるようになりました。小学校になって先生に会えなくなったけれど、出来るようになったことを伝えたいと言っていました。

「空手の先生」へ

先生が足けがしている時に
勝ってやろうと思ったけど
先生もう足なおっちゃたね。

白﨑　夏稀
福井県　11歳　小学校5年

「さとうせんせい」へ

ほねがおれたとき
きゅうしょくのごはんを
おにぎりにしてくれて
うれしかったよ。

高倉　聖央
福井県　6歳　小学校1年

「ひいばあちゃんの病院の先生」へ

ばあちゃんが私のことを忘れても、
私はずっとずっと覚えているから
大丈夫だよ。

竹澤 樹里
福井県 9歳 小学校4年

「先生」へ

おかあさんは先生(せんせい)だけど、
ぼくの先生(せんせい)じゃないからね。
だからもっとあそんでほしいな。

谷口　徹昇
福井県　7歳　小学校2年

「そろばんの先生」へ

僕の楔形文字を怒りつつ
採点下さり有難うございます。
算用数字になるよう努力します。

竹生 晴彦
福井県 13歳 中学校2年

僕のミミズがはったような数字を先生は怒りながらも判読してくださっています。

「せんせい」へ

おともだちにやさしくしてね、
というけど、
せんせいはぼくにやさしくしてね。

西端　勇人
福井県　7歳　小学校1年

「先生」へ

先生はいろいろ助けてくれます。
先生がピンチな時はぼくが助ける。

糠山 征那
福井県 11歳 小学校6年

「まい先生」へ

㋮るいめがね
㋑つもぼくらの
先(せん)とうにたち
生(い)き生(い)き元気(げんき)まい先生(せんせい)

林　蒼介
福井県　8歳　小学校2年

「ゆみせんせい」へ

がっこうで、
もうすぐかんじをならいます。
こんどはかんじで
おてがみかくからね。

正田　彩乃
福井県　6歳　小学校1年

保育園のころの担任の先生へのお手紙です。

「お母さん先生」へ

いつも分からない問題を教えてくれる。
でも、ほぼまちがっている。

増山　莉々菜
福井県　11歳　小学校5年

「陸上の先生」へ

「頑張れ」よりも
「できる」の声かけで
私の背中を強く押してくれて
ありがとう。

松浦　多希
福井県　16歳　高校2年

「二之宮先生」へ

ぼくは、先生一人の目を見ているのに
先生は三十人の目を見ていますね。
おつかれさま。

宮澤　れお
福井県　9歳　小学校4年

「八木先生」へ

「ぐうぜんばったり」会いたいな。
わざわざ会いに行って
わすれられてると悲しいから。

宮守　麻理香
福井県　10歳　小学校4年

一、二年生の時のたんにんだった先生で他校へ転にんになりました。

「かとう先生」へ

わかいって知ってたけど、
へいせい生まれって聞いてびっくりしたよ。
ぼくと同じだね。

山内　里志
福井県　9歳　小学校3年

初めて、男先生に担任して頂くことになりました。
若くて、明るい先生が、大好きな様で学校での出来事をよく、話してくれます。

「10才の先生」へ

婆ちゃんは
スマホがまだ覚えられないの
教えて昨日のようにたくさん。
いばってもいいよ

山岸　紀久子
福井県　85歳

「先生」へ

人生で初めての男先生。
兄ちゃんみたいな新任先生。
来年、一緒に修学旅行行こうね！

山﨑　新大
福井県　11歳　小学校5年

「小学校の先生」へ

妹の運動会の日は久しぶりに
先生の顔が見れる日。
今年は何を話せるかな。

吉川　稔里
福井県　13歳　中学校2年

「〝先生〟と言った小さな患者さん」へ

「しぇんしぇい。」

と呼ばれたけれど私は看護師。

でも貴女を助けたいのはどちらも一緒。

髙橋　まゆみ
岐阜県　53歳　主婦

「中学の時の先生」へ

「帰れ。」と先生に言われ、
まじで喜んだ中学2年生の夏。
帰ったら電話で説教された。

久保田 摩於
静岡県 18歳 高校3年

「高校時代の恩師」へ

「学校推薦は成績より
学校が一押ししたい生徒のこと」
その言葉で自信が持てました。

後藤　紋奈
静岡県　32歳　会社員

「先生」へ

先生、寝るなと言いながら催眠術を使ってくるのはズルイですよ。

坂田　翠鈴
静岡県　13歳　中学校1年

先生の話しが長くてつまらないのに「寝るな」とか言ってくるので、先生がねむくさせてるのにどうしてだと思ったからです。

「中3の担任の先生」へ

勉強が苦手な私に「あなたは賢い」
騙された私は今、中学校の校長です。
感謝してます。

神谷 拓生
愛知県 58歳 教員

「美和子先生」へ

「これもあなたに教えたけど」

と話すのやめて欲しいです。

30年も前のことだから。

佐藤　友美
愛知県　42歳　会社員

いやいやもう覚えてないよ、と毎回つっこみたくなるのをこらえてます。

たまに、先生に言っちゃってます。

「日本語の先生」へ

「今じゃなくて、
未来のあなた達に
好かれる授業がしたいの。」
今も昔も先生が好きです

日本語の先生が授業中に言った言葉です。やんちゃな生徒だったと思います。

徐　佳奈
愛知県　34歳　主婦

「鬼監督」へ

「人の役に立ちなさい」
あなたの教えを胸に、
今日も僕は救急車のハンドルを握ります。

都筑 祐介
愛知県 26歳 公務員

中学校野球部の鬼監督から言われた「人の役に立ちなさい」という言葉が忘れられず、消防士を目指し、今は毎日救急車に乗って出動しています。

「中学時代の恩師」へ

先生、息子も問題児なんです。先生、もう一度叱ってくれませんか。

山本　茉莉奈
三重県　33歳　主婦

中学の頃、素行の悪かった私を、卒業まで根気強くご指導下さった先生。私は今、2児の母となりましたが、息子との向き合い方に悩んでいます。先生に今一度、親子共々叱って頂きたい思いを綴りました。

「小さな街の病院の先生」へ

ホッと安心。
でもね先生、乙女心はズタズタです。
「加齢やわ」だけで私を帰さないで

岡本　美樹
滋賀県　38歳

「大谷先生」へ

先生は、ゴリラみたいに
ごっつくて力もちで大きい。
ぶあつくて高い、かべみたい。

高畑　心美
滋賀県　7歳　小学校1年

小学校に入学して、はじめてのたんにんの先生は、男の先生。
はじめての男の先生は、なんだかすごい。

「大先生」へ

できの悪い俺に
「先生になれ。」と
「できない子の気持ちが分かるから。」と、
有難う。

足立 靖臣
大阪府 74歳

「高校時代の恩師」へ

「看護師になったらどうや」

37歳の私にポツリ。

先生、ずっと信じてくれて有難う。

西森　千重美
大阪府　50歳　看護師

「小学校の恩師　宮本先生」へ

㐂寿の同窓会は目高の学校でしたネ
皆白髪老眼で誰が生徒か先生か？
一周り上？嘘みたい

萩谷　寿美子
大阪府　82歳

焼野原、先生不足の戦後の小学校。詰衿に軍靴の熱血先生でした。

先生よく笑いましたね。
授業は忘れました。
笑顔だけ残っています。
今、会いたいです。

藤家 孝子
大阪府 52歳 事務職

「いじめを許さなかった川口先生」へ

「こんな組にした先生が一番悪い」
と謝りながら泣く先生に、
教室中、みんな泣いたね。

先輩の先生です。クラスの中のいじめを見逃さず、話し合いをされました。いじめた子もいじめられた子も、見て見ぬふりをしていた子も、最後は、先生の涙を見て、自分の行いを素直にふり返れたのです。尊敬する先輩です。

阿江 美穂
兵庫県 66歳 主婦

「定時先生」へ

「水草のように生きなさい。」
ハイ。ゆらゆらしながらも
根はしっかりとはっています。

高校二年生の時に、担任だった先生に言われた言葉です。
今でも精神的に不安定ですが、２人の育児は頑張っています。

板倉　萌
兵庫県　33歳　主婦

「先生」へ

先生、
たまには宿題お休みでもいいんやで。
先生も休んでや。

大江 遼
兵庫県 9歳 小学校4年

「学校の先生」へ

自由研究に読書感想文。親が巻き込まれる宿題は出さんといてください。参ってます。

〝夏〟を楽しめない原因は、夏休みの宿題にあると思います。猛暑に宿題、うんざりしています。

花澤 かおり
兵庫県 40歳 主婦

「小学の先生である娘」へ

忘れ物したとよく帰ってくる
きっと言ってるんだろうな
「みなさん　忘れ物しないでね」

福井 勲
兵庫県　75歳

「母」へ

丸まった背にふれ思ったの。
「お母さん、老いてゆくことまで
教えてくれるんですね。」

安井 順子
兵庫県 61歳 主婦

たくさんのことを教えてくれた母。介護の日々。
今、「老いること」を教えてくれている人生の師は母である

「たんにんの先生」へ

さっきは言いすぎてごめんね、と先生。
なみだ目が一気に晴れた。
来年も先生がいいな。

先生におこられてなみだがあふれてきたけど「さっきは言いすぎてごめんね」という先生の一言で一気になみだがおくに引っこんだ。来年のたんにんも、先生であってほしいと思うぐらい先生がすきになった。

山田　興誠
兵庫県　9歳　小学校4年

「妹尾先生」へ

一つゴミを拾います。

この目に止まれば拾います。

小さな普通を行える人となれました。

高橋　智子
岡山県　62歳　主婦

まじめな普通の女子高生。だから清掃も人一倍まじめに取り組む。

見られていないところでも、良い行いをすることは、すばらしい。

どこかで、だれかが、それは神様かも知れないが見ていいてくれる、と言ってその場を離れられた。

陰日向なく、善い行いをが私のモットーとなりました。

「いちいち細かい先生」へ

「先生トイレ」
「先生はトイレじゃないよ」
そんな事言ってたら
もう間に合わないよぉ

授業中、どうしてもトイレに行きたかったから勇気をふりしぼって手を挙げたのに…。
先生は屁理屈を言って僕をくるしめてきました。

石井　遥人
広島県　12歳　中学校1年

「家庭科の田丸先生」へ

「はなくそみたい」と言われた玉結び。40年たっても「はなくそ」です。

岡 さゆり
広島県 51歳

小5の時言われて、くやしくて、今まで大好きだった先生が大嫌いになりました。
いつかは小さく上品な玉結びをみてもらおうと思っていましたが、
今だに「はなくそ」玉結びのたびに先生を思い出します。田丸先生お元気ですか？

「先生」へ

先生(せんせい)って言(い)をうとしたら、
ママ。と言(い)ってしまった。
そのとき、すごくはずかしかった。

住広　采音
広島県　9歳　小学校3年

「有田先生」へ

「あんたがやらんかったら誰がやるん。」

あれから教師11年目。

今でも自分に言っています

高校進路決定のとき、迷っている私にかけてくれた言葉です。

信頼する担任の先生の一言が今の私につながり、これでいいのか迷いながら、続けている11年目。

先生にもう一度ききたいです。今の私でいいのですか。

竹島　久美子
広島県　33歳　小学校教員

「コーチ」へ

東京行きの切符買っておいて下さい。
全国大会の切符は自分でつかんできます。

新田 謙心
広島県 12歳 小学校6年

「講師中山先生」へ

「生まれただけで凄いんだ。
生きてるだけで素晴らしい。」
年取った今　身に沁みています。

前田　敏統
山口県　74歳

人生に付いて、如何に生くべきかを説いて下さった、まさに私の師であり恩人の中山先生が天に還られて三年、今も先生のお言葉を頼りに老い先を考えながら生きております。

「K先生」へ

先生の口ぐせは
「向き不向きより前向き」
卒業してからも
いつも背中押してもらってます

西田　亜弓
徳島県　52歳　小学校教員

「国語の先生」へ

「君と同じ名前の優秀な生徒がいたんだ。」私の心のスイッチが入った瞬間でした。

この言葉を聞いてから、国語の時間がますます好きになり、先生を尊敬し、学年の国語で98点をとり、国語だけは、学年1位になりました。期待されるとうれしくなりますね。

西森 孝
高知県 58歳 鍼灸指圧師

「野球部の顧問の先生」へ

近所に住む先生。
先生の車を見かけるたびに
背筋がピンと延びるんです。

池上 樺名子
福岡県 20歳 専門学校2年

「先生」へ

子供はわかる、
先生が気に入ってる子。
先生も人間だと理解するのは
大人になってから。

下野　えい子
福岡県　45歳　介護福祉士

「福島先生」へ

ずる休みの私の顔だけを
見に来てくれた先生。
それから先生の前では素直になれました。

遠い昔、高2の頃おこられると思ったらにっこり笑って「明日は来いよ」と一言いって帰って行った先生。とげでいっぱいだった私の心が少しずつ丸くなっていった気がします。

篠﨑 淳子
佐賀県 56歳 主婦

「三十二年前の教え子」へ

砂場から聞こえた小学一年生の小声。
「足達先生がデブじゃなかったら
かわいいのにな」

足達 重子
長崎県 82歳

今から三十二年前、私は五十歳で、小学一年の担任だった。「砂遊び」の時のできごと…。

「先生」へ

御変りありませんか。
変ってなければ、昨今の父兄から
訴えられていないか心配です。

山下 研一
長崎県 52歳 会社員

「恩師」へ

思春期に学んだ質量保存の法則は、人生の機微にさえ応用されているようです。

西浦　彩香
熊本県　37歳　公務員

「目には見えなくとも存在しています」と水蒸気の説明をされましたが、私には大好きだった祖母が亡くなった時に、この法則は「目には見えなくても存在する」ということに救われたのです。

「中学時代の先生」へ

「人の事を笑える人間がこの中にいるのか！」

無口な先生の、忘れられない言葉です。

舛田　美子
熊本県　60歳

「私の先生、愛猫フムさん」へ

「疲れたら寝る。」

あなたから教わりました。

ありがとう。

妹尾 真里
宮崎県 44歳 家事手伝い

「現国の先生」へ

男女間の親友は成立しないという事に
猛反論した私。
四十年後の今、「マイリマシタ」

高校の現代国語の授業時間、先生とこの問題に対し一対一で議論しました。私はその頃、男女間の親友はあると信じていました。が、四十年経った今、いろんな経験をし、悔しいけれど先生の言われた通りだと思い始めました。

山本 和美
宮崎県 56歳

「校長先生」へ

晴れの日も雨の日も、
正門前での明るい挨拶をありがとう。
ヤル気スイッチが入ります。

伊井　翼
鹿児島県　14歳　中学校3年

「先生」へ

先生はおならしたことないよ。
先生はよるになるとさるになる。
うそ。だまされないぞ。

鎌倉　奏色
鹿児島県　8歳　小学校2年

「先生」へ

いつもはうるさいのに
なんで家庭訪問(かていほうもん)の時(とき)は静(しず)かなんですか。

竹下　桃代
鹿児島県　16歳　高校1年

「先生」へ

ケアレスミスって
ずっと先生の恋人だと思っていました。
話が噛み合わないわけですね

福永　はるら
鹿児島県　18歳　高校3年

「転出した先生」へ

離任式の日、
本当はお花渡したくなかったよ。
ずっと先生のクラスがよかった。

藤田　怜奈
鹿児島県　10歳　小学校3年

愛情いっぱいの授業をしてくれた2年の時の担任の先生が転出が決まりました。
3年になっても、ずっと先生のことを思い出して戻りたくて会いたくて…。
一年間のお礼と、会いたい気持ちとが伝わればうれしいです。

「小松先生」へ

父の葬式で
私を泣きながら抱きしめてくれましたね。
あれ、物凄く痛かったんですよ。

前村　悠璃
鹿児島県　17歳　高校3年

「中学一年時の担任」へ

先生が怒ってセロハンテープ投げた。
怒りながら自分で片づけてたの
今でも忘れません。

平良　梨実花
沖縄県　18歳　高校3年

「先生」へ

ぼくはいつか、
銅像ができるほどの大人になります。
除幕式には来て下さい。

仲地　快晴
沖縄県　13歳　中学校1年

「ホワイトデーの日の先生」へ

クラスの男子からのサプライズに
一番頬を赤らめてた先生。
私達よりも乙女でしたね。

松岡 祐未
沖縄県 16歳 高校2年

「小学校のH先生」へ

「君は将来、オオモノになるぞ」

と予言されました。

六十年たちました。

外しましたね。

森山 高史
沖縄県 70歳 自営業

「ブラウン先生」へ

先生は宿題を出すのは
きらいだと言うくせに
宿題をだす時は
ニコニコしていますね。

角谷 絢
カナダ 10歳 補習校4年

総評

選考委員　小室　等

予想通りなのかもしれないが学校の教師を対象にした作品が圧倒的に多かった。「授業はいいから花壇作りを手伝って」と言う先生とか、「まゆー」と大声で家に入ってくる先生、体育館を開けておいてくれる先生、その質問は面白い、覚えておこうと言ってくれる先生、いろんな先生がいることを手紙から教えてもらった。

西本紗菜さんの作品は、声が小さいことは自分でも分かっていて、内心はもっとはっきり大きな声で言えたらどんなにいいのにと思っているのに現実では言えない、つまり自分の声を先生が耳を澄まして聞いてくれたことで救われたと思っているのだろう。昨今体罰がニュースになったり、あるいはいじめを見過ごしていた先生の事などが随分出てきたりして、ややもすると私たちは日本中の学校の先生がみんなそうなんじゃないかと思ってしまうけれど、今回の一筆啓上賞に応募してくれたことでこんなにも子どもたちは先生を好きだし、先生から好かれたい、それを手紙に表してくれている。そして生徒と先生のこんなにも豊かな関係があったんだということを手紙から教えてもらって救われた気持ちもした。

同じ先生でもパソコンの先生やお医者さん宛てもあった。とりわけ感じたのは、同じような設定、内容なんだけど、光っている言葉があるかどうかによってその作品はずいぶん違ってくるし、その言葉の光り方が非常に重要になってくる。佐藤みちよさんの作品で「巡り会いだね」とお医者さんが言ってくれたけれど、佐藤さんは生んだ当初、たぶんその言葉に即座には救われなかったんじゃないかと思う。でも長い年月かけてその子と対峙している生活の中で、どんな命も平等に重くて、取り換えのきかないいのちであること、巡り会いと先生が言ってくれたことを噛みしめて、本当にこの巡り会いを喜んでいる。かけがえのないいのちというものを、巡り会いという言葉で表現されたこの手紙はすごく光っているという感じがした。選考をさせてもらって幸せだった。

（入賞者発表会講評より要約）

予備選考通過者名

順不同

北海道

安達 涼太
石田 梓乃
井上 友結
遠藤 直子
加賀谷 明
かねこ あすか
近藤 晴哉
白井 明子
鈴木 沙弥
野々村 麻希
森口 希実
諸田 幸太朗

青森県

葛西 光枝
菅野 夢夏
工藤 哲治
平野 好

岩手県

小川 結生
柏﨑 拓実
木元 海流
熊谷 和子
下黒沢 雅代
及川 統司
橋本 なな

宮城県

澤 璃央
鈴木 春
鈴木 美々音

秋田県

木村 奈那美

山形県

池田 つや子
池田 つや子
後藤 侃三
細谷 美紀子

福島県

猪俣 康太
小林 春椛
七田 高志
添田 虎太郎
星 美郁
丸山 実咲
宮崎 藍美

茨城県

河野 蒼士
寺島 壮志
中山 葵羽
沼崎 久美子
舟橋 優香
古谷 嘉音
細谷 夏樹
吉田 ケイ子

栃木県

初澤 みゆき
柳 徳子

群馬県

小松 美羽
佐藤 聖也
杉田 璋郎

埼玉県

五十嵐 稀翔
五十嵐 颯翔
岩渕 采苗
内田 千尋
榎本 明美
大前 みどり
菊池 美恵子
木塚 珠里
齋藤 令子
佐藤 琉衣
鈴木 琉晟
高野 由美
長坂 頌子
長坂 均
奈良 徹
野村 大和
野本タチアナさおり
花土 友恵
藤本 美恵子
松川 靖
松本 凜

千葉県

飯尾 成美
池田 夢美
一柳 宗汰
衛藤 杏花
大盛 由布奈
青山 通義雄
押尾 真紀子
小田中 準一
織戸 一稀
加藤 英雄
金子 貴俊
木戸 裕美
木村 真美
小松 咲希
齋藤 友子
菅井 絆菜
高野 妙子
髙濱 明大
千田 柚莉
辻本 臣哉
手島 菜々美
中田 和男
野田 充男
八角 純平
鎗田 彩花

千葉県

余語 良子
吉村 りつ子
渡邊 真優

東京都

相磯 里奈
相田 二美代
蝦名 優斗
岡部 八千代
岡村 波奈
奥田 亜希
菊池 優
北川 真樹子
城戸 彩香
栗原 寛希
小畑 和裕
小深田 結
佐藤 秋穂
佐藤 月美
佐藤 哲也
佐藤 真名美
髙市 陽代
高野 翼
高橋 智也
田中 李果
寺井 愛
永井 颯太郎
中村 美千代
中本 輝雄
野村 信廣
平田 峻
平橋 美穂
藤井 智朗
藤沢 江里
星野 日向
松田 わこ
森井 裕子
山田 由美
吉井 瞳

神奈川県

飯田 二三枝
石渡 舞
上原 美希
潮田 孝
浦道 雄大
草柳 ひとみ
佐藤 美香
髙瀬 るり子
辻 彩香
長家 寿美子
林 美保
前田 紗貴
松澤 颯輝

山梨県

飯野 初江
一瀬 拓真
加賀美 悠太
亀田 陽翔
亀田 陽翔
倉本 和祈
水越 洋仁
水越 洋仁
山口 咲弥佳

長野県

小野 静
小岩井 周
武井 優奈
田中 志菜乃
玉木 勝之
宮沢 優子

新潟県

馬場 千聖

富山県

相山 律揮
岩本 拓磨
寺西 章

石川県

金田 綾音
川野 舞里亜
白江 文夫
本田 翔子

福井県

浅井 心愛
荒木 朋美
荒木 奏文
有田 亘太郎
有田 亘太郎
有田 礼那
飯岡 小春
五十嵐 幹太
池上 輝美
井口 航
石上 慧
泉 希良莉
伊東 剛琉
い東 ゆ夏
入江 章子
岩上 優輝斗
岩崎 秀吉
上木 穂乃佳
上田 幹太朗
上田 侑奈
宇野 佳純
瓜生 恵香
遠藤 陽菜
大内 学
大木 陽莉
大島 彩矢香
岡崎 允彦
岡田 優里
尾方 美帆
奥村 耕二
織田 和平
開高 愛佳
柿原 雄介
笠井 らら
笠松 素空

福井県

柏谷 歩
加藤 嵩琉
かとう わた
金戸 明子
椛山 響
神下 大和
かわぎし なるみ
神田 啓和
北林 晃明
北出 和心
清野 星希香
栗山 想
組脇 七海
小嶋 晃輝
小林 かず子
駒田 陽音
斉藤 蒼昊
坂井 香海
酒井 羽菜
酒井 麗奈
重僧 空阿
嶋 良
しまだ えみり
下野 璃音
熈徳 美佑
白間 望音
菅原 永遠
杉川 百々葉
杉原 希音
杉本 篤一
杉本 三重子
鈴木 玲奈
砂原 沙希
高江 結菜
髙橋 梓咲
髙橋 彩菜
髙橋 優斗
高はし 日こ
竹島 昇汰
田中 悠陽
田中 凜
谷 采和乃
玉木 日菜
玉村 帆乃佳
田原 杏果
坪田 桜空
水流 颯音
道關 梨奈
堂前 葵
堂前 壮大
徳丸 郁子
戸川 春陽
戸田 朝陽
冨田 楓雅
友重 奈海
鳥山 璃子
中尾 太一
中尾 優大
永坂 優典
中塚 弥来
中西 恵美子
中村 蒼空
中村 美里弥
中村 咲希
永山 聖人
西坂 ひなた
橋本 隼人
長谷川 柊輔
林 恵
半田 桜華
東 美涼
東本 友紀
平山 紫月
開田 佑亮
福山 皓太
藤田 彩乃
二上 あかり
遍照 梓
堀口 隆生
前田 あおい
松井 咲大
松本 颯
松本 梨王
水間 智乃
三村 夏生
宮崎 知美
宮﨑 茉央
宮本 啓輔
村田 千夏
本谷 けいじ
森川 正枝
安川 なみ
柳原 聡希
籔 愛叶
山内 じん
山﨑 樹
山下 菜香
山本 絢音
山本 佳奈
山本 心々美
山本 颯真
吉田 こころ
吉村 信也
吉村 拓海
米澤 七海

岐阜県

石丸 裕子
石丸 桃子
石丸 桃子
今泉 英之
北村 優芽
髙木 澄枝
髙木 澄枝
鷹野 芽生

静岡県

生駒 佳子
伊藤 杏寿
勝俣 歩都
児島 敏子
後藤 咲音
菅澤 正美
鈴木 舞
竹田 咲葉

土屋 鮎
西島 颯太
原田 渉平
宮崎 ひなた
望月 由紀乃
山田 シゲ子
山田 静子

愛知県

足立 直也
石原 一龍
江上 蓮
岡田 昌悟
貝谷 小南
木友 孝祐
小林 久遠
柴田 菜都乃
中川 禮大
永冶 聡子
長屋 義雄
西井 美羽
早田 笑音
樋口 智也
松澤 能琶
松山 心優
横井 虹美

三重県

岡 由美子
尾上 智咲

滋賀県

千代 哲雄
土居 拓翔
芳賀 勇成

京都府

上岡 京子
金泰山
倉橋 万青
黒田 清十郎
笹谷 柚日
チョウ ブンイ
土本 知左代
長澤 夏輝
林 正史
三品 圭

大阪府

安藝 庸人
阿乗 冬磨
有田 朱里
石原 久嗣
岩井 勝二
興村 俊郎
河崎 礼奈
熊谷 詩織
小島 菜々美
斉藤 たかこ
坂 玲菜
佐竹 加織
定成 信子
嶋津 花菜
髙橋 智代
竹井 美優
田中 夕葵
戸野本 和行
能勢 悠雅
森島 千尋
山田 幸夫
渡辺 廣之
渡辺 廣之

兵庫県

井髙 美和
太田 みゆき
源幸 良三
齋藤 恒義
ジョンストン陽子
西坂 匠真
能木場 トモ子
花澤 かおり
藤田 美樹
松末 哲也
村田 勝
山下 昂太

奈良県

上田 道央
大谷 世起子
中田 由美代
服部 瑞穂

和歌山県

織部 さやか
西垣内 覚
吉本 光子

鳥取県

市場 美佐子
市場 美佐子
稲田 智栄子
西川 ひとみ
目春 陽子

島根県

勝部 政子
西尾 柚葉

岡山県

石野 賢
岡野 俊幸
鈴木 真央
美浪 千夏

広島県

伊藤 由香里
悦喜 なのほ
梶岡 彩虹
門脇 利枝
こうのべ としゆき
滝本 祥人
武本 桃恵
種田 潔
中常 智子
棗田 怜奈

山口県

野間 敦子
舟﨑 優風
古澤 由美子

徳島県

阿地 しずく
西田 亜弓
吉本 碧郁

香川県

玉井 一郎
玉井 一郎

愛媛県

鈴木 裕司
泥谷 佳恵
中川 なつみ
藤田 拓弥
古谷 優吏
松田 義正

福岡県

鯵坂 聡子
岩佐 星輝
岩元 生希
上村 実優
大庭 未来
鎌浦 皓冴
倉地 祐衣
黒川 莉子
古賀 優介
白谷 頼亜
杉山 穂乃香
鈴谷 絵愛梨
髙橋 輝
田畑 佑莉
玉井 直樹
堤 耀代
椿原 あかり
鶴﨑 匠
藤後 晃輔
永江 かおり
中西 千鶴
中野 愛深
中村 太一
橋口 翔
原添 雅脩
深見 友梨香
政田 彩花莉
水永 真湖
三角 優馬
森 笙瑛
やすこうち ゆうと

佐賀県

岸川 龍
増田 志津

長崎県

平松 妃那
宮田 果歩
山下 研一

熊本県

阪本 波瑠香
田中 美弥
西山 英太
西脇 優也
藤田 加津代

大分県

今永 惠子

宮崎県

大山 あゆみ
村橋 文汰
森 のり

鹿児島県

阿部 裕斗
出水沢 鈴香
岩下 はるの
大久保 知咲
桐原 ひろみ
楠元 嶺音
迫間 瑠衣
佐々野 洋子
積山 向日葵
瀬戸上 泰英
田ノ上 史菜
中釜 蓮月
長野 寧音
花田 悦子
東 春花
深江 幸輝
深川 未羽
福泊 美琴
福永 房世
福永 房世
福永 房世
福永 房世
福永 行男
別府 大地
外園 陽翔
前田 美結
松下 彩音
三石 瑞葉
山口 結愛

沖縄県

池原 秀一郎
石嶺 杏奈
上原 優花
喜友名 杏科
具志堅 多一
末吉 麗菜
平良 心愛
髙橋 琉斗
玉城 亜美
友利 政希
仲島 姫梨香
前野 舜孟
森 悠汰
森山 高史

カナダ

ウィリアムズ テス

韓国

カン ミンジョン

あとがき

人は学校の教師や医師など、何人の「先生」との出会いがあるのでしょうか。「先生」の言葉に助けられた人も沢山いたのではないでしょうか。時には、人生の羅針盤のように、時には心の精神安定剤のように。その時々の自分の心情を理解してくれているから、「先生」の言葉は心に刻まれるのだと思います。

そのような「先生」に、「先生がいたから今の自分がいる。」「先生には大きな力を感じる。」などの思いを持つたくさんの皆様から、三万九四六八通のお手紙をいただきました。

今度はわたしが返す番と、今だから言える感謝の言葉、今だから聞ける疑問、今だから言える告白など、身近な存在であったから、その時は言えなかった言葉を、四〇文字の中にちりばめていただきました。そして、今回も多くの物語が生まれました。

一次、二次選考会は、住友グループ広報委員会の皆様に携わっていただきました。手紙を通してたくさんの「先生」との出会いがありました。

最終選考会では、小室等さん、佐々木幹郎さん、宮下奈都さん、新森健之さん、そして今回から、テレビやラジオなどでも活躍されている俳人の夏井いつきさんに加わっていただいての選考でした。手紙から見える「先生」の姿や手紙を書かれた人を想像し、手紙文化の素晴らしさを感じました。

終わりに、坂井市丸岡町出身の山本時男氏が代表取締役を務める、株式会社中央経済社・中央経済グループパブリッシングの皆様には、本書の出版、並びに付帯する出版業務をすべてお引き受けくださいましたこと感謝申し上げます。また、日本郵便株式会社並びに坂井青年会議所の皆様の一筆啓上賞へのご協力、ご支援にお礼を申し上げます。

平成三十一年四月

公益財団法人　丸岡文化財団

理事長　田中　典夫

日本一短い「先生」への手紙　第26回一筆啓上賞

二〇一九年四月三〇日　初版第一刷発行

編集者――公益財団法人丸岡文化財団
発行者――山本時男
発行所――株式会社中央経済社
発売元――株式会社中央経済グループパブリッシング
〒一〇一－〇〇五一
東京都千代田区神田神保町一－三一－二
電話〇三－三二九三－三三七一（編集代表）
〇三－三二九三－三三八一（営業代表）
http://www.chuokeizai.co.jp/

印刷・製本――株式会社　大藤社
編集協力――辻新明美

＊頁の「欠落」や「順序違い」などがありましたらお取り替えいたしますので発売元までご送付ください。（送料小社負担）

ISBN978-4-502-31001-0　C0095

日本一短い手紙と
かまぼこ板の絵の物語
かまぼこ板の絵のプレートが
東尋坊に飾られます。
NHKラジオ　あさいちばん　で紹介
尊い生命　深い愛情　豊かな感性
中央経済社●定価　本体1,429円（税別）

日本一短い手紙と
かまぼこ板の絵の物語
第2集
福井県坂井市・愛媛県西予市・丸岡文化財団 編
福井県坂井市「日本一短い手紙」愛媛県西予市「かまぼこ板の絵」
ふみと♪絵の♪コラボ作品集第2弾!
中央経済社

四六判・226頁
本体1,000円＋税

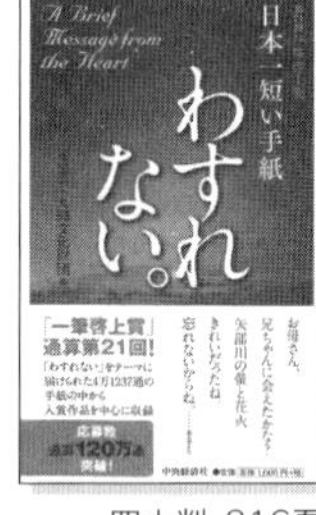

四六判・216頁
本体1,000円＋税

四六判・236頁
本体1,000円＋税

四六判・162頁
本体900円＋税

四六判・168頁
本体900円＋税

四六判・220頁
本体900円＋税

四六判・188頁
本体1,000円＋税

四六判・198頁
本体900円＋税

四六判・258頁
本体900円＋税

四六判・210頁
本体900円＋税

四六判・184頁
本体900円＋税

四六判・186頁
本体900円＋税

四六判・216頁
本体1,000円＋税

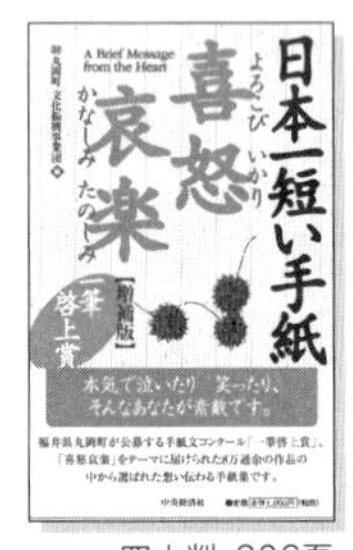

四六判・206頁
本体1,000円＋税

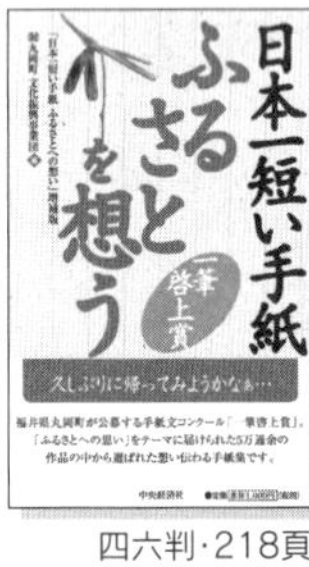

四六判・218頁
本体1,000円＋税

四六判・196頁
本体1,000円＋税